私の上に浮かぶ『悪役令嬢(破滅する)』って何でしょうか？ 2

ひとまる

B's-LOG BUNKO

ビーズログ文庫

イラスト／マトリ

Contents

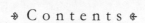

Character
攻略対象
第二王子
（腹黒い）
復活!?
悪役令嬢
（破滅する）
シルヴィール
ナイル王国の第二王子。
常に完璧な笑顔を
見せている彼だけど……？
ルイーゼ・ジュノバン
伯爵令嬢。
なぜか物心ついた時から、
人の頭の上に不思議な
文字が見える。
『第二王子の婚約者（不憫）』へ
自分の文字が
変わったのに……？
私の上に浮かぶ『悪役令嬢（破滅する）』って何でしょうか？
2

シルヴィールの側近

攻略対象
公爵家嫡男
（蜂蜜大好き）

ジョルゼ・リーデハット

攻略対象
宰相の息子
（変態）

ルシフォル・エルナーデ

攻略対象
騎士団長の息子
（猫耳に弱い）

ダルク・メルディス

トランス王国

武闘派の悪役令嬢
（可愛いもの愛好家）

マリアベル

最強の武力を誇る
ユーズウェル公爵家の令嬢。

主人公　悪役令嬢の妹
（ドジっ子）

クラリス

マリアベルの妹。
『変態物語』を知っている……？

？？？？？

シュナイザー・ナイル

ナイル王国の王太子。

主人公だった人（凡人）

ピクセル・ルノー

男爵令嬢。『変態物語』を妄想中？

プロローグ

「お帰りなさいませ、シュナイザー王太子殿下《でんか》」

「ああ、今……このナイル王国に帰ってきたぞ──」

スラリとした長身に金色の髪《かみ》をなびかせて、ナイル王国の王太子であるシュナイザー・ナイルは王城に足を踏《ふ》み入《い》れた。


「し、シルヴィール様！　近い、近すぎますわ！」

「照れてるの？　ルイーゼも私を好きだと言ってくれたよね。同じ気持ちなら問題ないんじゃないかな」

夏休みが終了《しゅうりょう》し、新学期が始まった。季節は秋へと移り変わり、『破滅《はめつ》』を回避《かいひ》した私は平和な学園生活を送っているはずだった。しかし、学園の裏庭にあるガゼボの中で、私、ルイーゼ・ジュノバンは、危機に陥《おちい》っていた。

誰《だれ》が見ているかもわからないのに、唇《くちびる》同士が触《ふ》れそうなほど顔を近付けてくる、ナイル王国の第二王子で私の婚約者《こんやくしゃ》でもあるシルヴィール・ナイル様から、必死に逃《に》げようとしている最中である。

「ふふ、ルイーゼは可愛《かわい》いね」

シルヴィール様は私の手を取り、見惚《みと》れてしまうほど美しい所作で手《て》の甲《こう》に口付けした。まるで童話に出てくる王子様（本当に王子様なのですが！）のような口付けに、私の顔は真っ赤に染まる。そのままシルヴィール様の顔がまた近付いてきた。

「――っ‼」

学園内でこれ以上はダメだと、理性を総動員させて退けようとする私をシルヴィール様は逃がしてくれなかった。いつもの王子スマイルを貼《は》り付《つ》け、私の腰《こし》に手を回してグイッと引き寄せる。

「ち、近いです……っ」

抵抗《ていこう》も虚《むな》しく、シルヴィール様の綺麗《きれい》な蒼《あお》い瞳《ひとみ》に吸い込まれるように見つめられた次の瞬間《しゅんかん》には、唇が重なり合っていた。

以前の誰にでも平等に振《ふ》る舞《ま》い、婚約者の私にも特別対応などせず節度のある態度で接していたシルヴィール様は一体どこへ行ってしまったのか。

唇が離《はな》れた後に、悔《くや》しくなって見つめ返すと、シルヴィール様は何もなかったかのようにニッコリと微笑《ほほえ》んだ。

「どうしたの？　ルイーゼ。そのような可愛らしい顔をして。おねだりかな？」

「ひえっ！　違《ちが》います、ああ、膝《ひざ》の上に私を乗せないでくださいませ！　せ、節度あるお付き合いをっ……」

ひょいっと持ち上げられて慌《あわ》てて声を上げるも、そのままシルヴィール様の膝の上に収まってしまった。後ろから抱《だ》きしめられ、私の心臓は止まってしまいそうなほどバクバクしている。

ふと身を翻《ひるがえ》して見上げたシルヴィール様の頭の上には――

『第二王子（腹黒い）』の文字が変わらずに浮《う》かんでいた。

私には物心ついた時から、人の頭の上に浮かぶ透明《とうめい》な板と、そこに書かれている不思議な文字が見える。『透視《とうし》の能力』と呼ばれる異能であるが、見える内容は、その人の立場や役職、その他に特徴《とくちょう》などが書かれていることが多い。

私の家族と、王族の一部と、王族に近いある一定の貴族達にしかこの異能については知られていない。

シルヴィール様は勿論《もちろん》ご存じで、私がぼんやりと頭の上を眺《なが》めていても気分を害することなく、逆に興味深そうにしている。

「私の頭の上の文字は何か変化している？」

「い、いいえ。『第二王子（腹黒い）』のままですわ。って……あ――」

「……『腹黒い』ね。ふぅん、合っているかもしれないね。君が恥《は》ずかしがる姿がとても愛らしく思えて、意地悪をやめてあげられなそうだ」

「えええええっ⁉」

私の悲鳴のような声が虚しく響《ひび》き、そのままシルヴィール様の口付けが額に、まつ毛にと降り注ぎ、羞恥《しゅうち》に顔を赤くしていると、ちゅっとまた唇を奪《うば》われた。

――シルヴィール様を好きだと自覚しましたよ、しましたけどっ。こんな甘々なシルヴィール様になるなんて、心臓が持ちませんわ‼

散々シルヴィール様の甘々攻撃《こうげき》を受け、私はドキドキしすぎてぐったりとしてしまう。

私の頭の上にも変わらず浮かんでいるのだろう。

『第二王子の婚約者（不憫《ふびん》）』と――。

そう思い浮かべながら、ふと、この文字に変わるまでのことが脳裏《のうり》に蘇《よみがえ》った。

私の文字は、実は最近苦労の末に変化したものである。物心ついた時から浮かんでいたのは『悪役令嬢《れいじょう》（破滅する）』という文字だったのだ。

『悪役令嬢』の意味はわからなかったが、『悪役』『破滅』という不吉《ふきつ》すぎるワードに私は恐《おそ》れおののいた。そこで、『悪役令嬢』になり『破滅』する未来を防ごうと『善行令嬢』

を目指して、身体《からだ》を鍛《きた》え始めたのだ。

鍛錬《たんれん》を重ねていく中、六歳になる頃《ころ》にシルヴィール様と初めてお会いした。幼い彼の頭の上には『攻略対象《こうりゃく》　第二王子（ちょろい）』と浮かんでおり、つい『——ちょろい？』と口走ってしまったのがシルヴィール様に興味を持たれるきっかけとなり、よくわからない内に婚約者になっていた。

幼い私とシルヴィール様は、頭の上に浮かぶ文字を——運命を変えるべく頑張《がんば》ろうと、約束を交《か》わした。そして、約束を守るためにも、私は日々の鍛錬で精神力を磨《みが》き、あらゆる慈善《じぜん》事業を行い善行に勤《いそ》しんだ……が、頭の上の文字は変わらなかった。

それでも諦《あきら》めず、色々な事件や変態一味とのアレコレを乗《の》り越《こ》え、私とシルヴィール様は思いを通い合わせることになる。その瞬間に、これまで何をしてもダメだった頭の上の文字が変わったのだ。

シルヴィール様の頭の上の文字は『第二王子（腹黒い）』へ変化し、砂糖菓子《がし》のように甘い言葉を吐《は》き、態度も軟化《なんか》し、甘々王子へと変貌《へんぼう》を遂《と》げてしまった。因《ちな》みに私は『第二王子の婚約者（不憫）』に変わっていた。

晴れて『悪役令嬢』からも、『破滅する』未来からも逃《のが》れられたと思ったのに、まさかの『不憫』の文字に、残念な気持ちが湧《わ》き上がったのは言うまでもない。

でも私は諦めない。破滅する未来さえ変えられたのだから、いつかこの文字も『善行令嬢（素敵《すてき》‼）』みたいに変わる日が訪《おとず》れるかもしれない。

「私、やり遂げてみせますわっ！」

一人で今までの経過を回想しながら盛り上がる私を、シルヴィール様は若干《じゃっかん》遠い目で見つめつつ、優《やさ》しく抱きしめた。

やっぱり膝の上からは解放してくれそうもない。

「そうだ、ルイーゼの可愛らしさに忘れていたけれども、兄上が帰国された。今度一緒《いっしょ》に挨拶《あいさつ》に行こう」

「シュナイザー様が帰られたのですね。もう何年もお会いしていないので、ご挨拶できる日が楽しみですわ」

シュナイザー様は、四つ年が離れたシルヴィール様のお兄様であり、ナイル王国の王太子でもある。気さくな優しい方で、シルヴィール様とも仲良し兄弟だったと記憶《きおく》している。幼い頃に月一回開かれていたシルヴィール様とのお茶会で王宮へ行った際にも、度々《たびたび》顔を見せ、私にも良くしてくれていたが、隣国《りんごく》のリボーン王国に留学されたっきりお会いできていない。

久々の再会にウキウキしていると、シルヴィール様から何故《なぜ》かブリザードが吹《ふ》いているような不穏《ふおん》な気配を感じた。

「し、シルヴィール様……どうかされました？　お、怒《おこ》ってらっしゃいます⁉」

「そう見える？　そうだね……ルイーゼが私に口付けしてくれれば機嫌《きげん》が直るのだけど」

「えええええっ⁉　どうしてそうなりますの⁉」

「冗談《じょうだん》だよ、さあ、そろそろ授業へ戻《もど》ろうか」

あたふたしていると、クスっと笑われる。シルヴィール様に揶揄《からか》われたのだと少し悔しくなった。ガゼボの椅子《いす》から立ち上がり、何もなかったように教室へ向かおうとするシルヴィール様の背中を恨《うら》めしそうにじっと見つめる。

――いつも余裕《よゆう》ですわね、シルヴィール様。

いいことを思いついて、私は少しばかり悪い顔になる。シルヴィール様に駆《か》け寄《よ》って、制服の袖口《そでぐち》を引っ張り、こちらを向いた瞬間、背伸《せの》びをして、ちゅっとその頬《ほお》に口付けした。

――ふふふふ。私だってやられてばっかりじゃありませんわよ！

頭の中でこっそり勝利宣言をする。シルヴィール様はしばらく茫然《ぼうぜん》とした後、妖《あや》しく微笑み、私の頬に手を添《そ》えた。

「ルイーゼのために、色々我慢《がまん》していたけど……もう必要ないみたいだね」

「……えぇっ⁉」

――これは……っ、やばいやつですわっ‼

迫《せま》りくる危険を察知して後退《あとずさ》りすると、がしっと腰に手を回され、逃げられないことを悟《さと》る。

「覚悟《かくご》してね――？」

そう言ってとってもいい笑顔《えがお》で迫ってくるシルヴィール様は、獰猛《どうもう》な肉食獣《じゅう》のような眼差《まなざ》しをしていた。

捕食者《ほしょくしゃ》から追《お》い詰《つ》められた私の頭の上には、

『第二王子の婚約者（不憫）』という文字が、やっぱり虚しく浮かんでいるのだった。

第一章　王太子、帰国する

結局授業には出席できず、散々な目に遭《あ》った翌日。

私は王宮で王子妃教育を受けた帰りに、シルヴィール様に呼び止められた。

「一日私を避《さ》けていたようだけど、ルイーゼ。どうしてかな？」

「えぇっ⁉　……そんなことはないですわ。気のせいですわ」

甘々なシルヴィール様に心臓が破裂《はれつ》しそうになったため、意識的に避けていたとは言えるはずがなかった。

「ふぅん、まあ今は追及《ついきゅう》しないよ。せっかく王宮にいるのだから、兄上のところへ一緒《いっしょ》に挨拶《あいさつ》に行かないかと誘《さそ》いに来たんだ」

一瞬《いっしゅん》背筋に悪寒《おかん》が走ったが、気のせいだろう。

「はい、是非《ぜひ》伺《うかが》いたいです」

「では、先ぶれを出しておこう」

そう言ってシルヴィール様が執事《しつじ》に視線を向けると、執事はこの場を後にした。

「シュナイザー様はお変わりなく隣国《りんごく》で過ごされたのでしょうか」

「ああ。良い刺激《しげき》を受けたと話していたよ。土産話《みやげ》として聞いてみたらいい」

シュナイザー様は、十七歳で隣国のリボーン王国にあるリボーン王立学園に編入され、卒業後もリボーン王国の中枢《ちゅうすう》にある研究機関で学ばれていた。留学されていた三年間はお会いする機会もなかったので、三年ぶりに会うことになる。

確か……三年前は『王太子（足が速い）』が頭の上に浮《う》かんでいたような。

シュナイザー様に挨拶ができることを楽しみにしていたのだが、残念なことに部屋にはいらっしゃらなかったようで、別の日に改めて挨拶するという流れになった。

シルヴィール様も執務《しつむ》で呼び出されてしまい、私は一人で王宮の中を歩いていた。

王宮内はどこでも散策してよいとの許可もあり、少し散歩して帰ろうと庭園まで足をのばしたのだが。

「いやーん！　これ、可愛《かわい》いわーっ！」

「っ⁉」

温室へ足を踏《ふ》み入《い》れた瞬間《しゅんかん》に、誰《だれ》かの声が温室の奥から聞こえた。不審者《ふしんしゃ》ならば王宮の兵士へ伝えなければと、私は気配を消して声のする方へと忍《しの》び込む。

そして、とんでもないものを見てしまったと……現実逃避《とうひ》したくなった。

何故《なぜ》なら、目の前には……。

「温室の可愛いお花ちゃん、久しぶりっ！　シュナたんが帰ってきたよーっ。蕾《つぼみ》のあなたもとっても可愛い。きゃーん、つぶらなお花のあなたも素敵《すてき》よっ！」

『王太子（心は乙女《おとめ》）』を頭の上に浮かべたシュナイザー様らしき人が、小さなお花を愛《め》でていたのだった。

——ああ、どうして私はこんなところに出くわしてしまったのでしょうか。

動揺《どうよう》して後退《あとずさ》りすると、何かを踏んづけてパキっと大きな物音を立ててしまう。

「きゃっ……だ、誰だ！」

振《ふ》り返《かえ》ったシュナイザー様とバッチリ目が合った。

「ご、ごきげんよう……」

私の間の抜《ぬ》けた声が温室に響《ひび》くのだった。

「…………」

「…………」

温室のベンチに座り、思いっきり項垂《うなだ》れるシュナイザー様と、遠い目をする私。

どうしたら良いのだろう。気まずい空気が流れている。

「ルイーゼ……、君は……見たのかい？」

「申し訳ございません。……バッチリ見てしまいましたわ」

「…………」

『王太子（心は乙女）』

再び沈黙《ちんもく》が訪《おとず》れ、気まずさが倍増する。

「ああ、なんてことなんだっ。隠《かく》し通そうと決意したばかりだというのに！」

「誰にも言いませんわ！　シュナイザー様が『心は乙女』だということはっ」

「――っ！　そ、そうか……。『透視《とうし》の能力』か。君には隠しても無駄《むだ》だったか……」

諦《あきら》めたように遠くを見つめるシュナイザー様が、少し可哀想《かわいそう》に思えてしまう。

それに、シルヴィール様に似ている顔でシュンとしていると……いけないものを見てしまったような気持ちになる。

「もういいわっ。ルイーゼの前では素でいくことにするわっ！」

「…ええっ⁉」

いきなり開き直ったシュナイザー様に、裏返った変な声を上げてしまう。

嫌《いや》な予感に背筋に汗《あせ》が流れ落ちた。

「留学先で私、真実の自分に目覚めたのよ。可愛いものや綺麗《きれい》なものが好きって！　王太子としてダメってわかってるわ……。だから隠し通してみせるっ。仕事もちゃんとするわ。でも……それには協力者が必要よね？」

とんでもない秘密を打ち明けられ、すぐには言葉が出なかった。私には抱《かか》えきれそうもない大それた秘密に怖気《おじけ》づきそうになる。

「――心が乙女なこと、シルヴィール様は……」

「当然知らないし、表ではかなり気を張っているからルイーゼ以外には絶対に気付かれていないはずよ」

シルヴィール様を含《ふく》め誰も知らないのなら、協力者になれるのは私しかいないわけであって……。

目の前のシュナイザー様は逃《に》がす気はないとでもいうようにニッコリと微笑《ほほえ》んだ。

「ルイーゼ……、私に協力してくれない？」

さすが兄弟と言うべきか、シルヴィール様が醸《かも》し出す圧と同様の凄《すさ》まじい圧を感じた。

私の出すべき答えは必然的に一つだけになる。

「は……はい！　喜んでっ！」

圧に屈《くっ》した瞬間であった。

王宮にある温室は特別な魔法《まほう》がかけられ、外部にはこちらの会話が一切《いっさい》漏《も》れないようになっている。秘密の会合をするために、私達は更《さら》に奥にある温室のティールームに移動した。

シュナイザー様が優雅《ゆうが》な所作で紅茶を淹《い》れ、私の前に可愛らしい絵柄《えがら》のティーカップが差し出された。

「ふふ。王太子がお茶を淹れるなんて、普通《ふつう》ないわよね。留学先で、お茶友達と紅茶を淹れ合って腕《うで》を磨《みが》いたのよ。さあ、どうぞ」

「あ、ありがとうございます」

口に含んだ瞬間に、紅茶のまろやかな口当たりに驚《おどろ》いて目を見開く。

「美味《おい》しいですわ、シュナイザー様。職人が淹れた紅茶のようですっ」

「ふふ。ありがとう。こうして我が国でも素の自分でお茶会ができるなんてね……」

感慨深《かんがいぶか》そうに言うシュナイザー様は、少し寂《さび》しそうな表情だった。先ほども、王太子として本来の姿――乙女な自分を隠し通すとおっしゃっていた。

それは、好きなことができなくなる、つまり私で例えると、日々の鍛錬《たんれん》ができなくなることと同義なのかもしれない。とても辛《つら》いことなのではないだろうか。

「私で良ければ、こうしてお茶をいたしましょう。勿論内緒《もちろんないしょ》のお茶会ですので、素の姿で構いませんわ」

「ルイーゼっ、ありがとう！　ずーっと先延ばしにしていた縁談《えんだん》も受けなきゃだし、本当は誰かに話を聞いてもらいたかったの。あー、良かった。じゃあ、私のお話、聞いてくれる？」

え、縁談……？

まさかそんな話の方向性になると思わず、目を泳がせる。

シュナイザー様の婚約者《こんやくしゃ》はまだ空席なのだ。それは、シルヴィール様が早々に爵位《しゃくい》がそれほど高くない私との婚約を決めたことが要因になっている。

ジュノバン伯爵《はくしゃく》家はどの派閥《はばつ》にも属していない中立派。私が異能を持っていることはある一定の貴族にしか知られていないので、伯爵家の令嬢《れいじょう》と婚約した時点でシルヴィール様は王位継承《けいしょう》権をシュナイザー様と争う気はないと周知したようなものだ。

ならば我が娘《むすめ》を王太子妃に！　とシュナイザー様に国内外問わず婚約者候補が殺到《さっとう》してしまった。婚約者候補同士の争いも過熱していき、どこへ行ってもご令嬢達に囲まれ、喧《けん》嘩《か》に巻き込まれ、あの頃《ころ》に見たシュナイザー様はゲッソリしていたように思う。

婚約者の選定は難航し、シュナイザー様に身の危険まで生じてきたため、延期に。シュナイザー様のかねてからの希望もあり、一旦《いったん》ナイル王国を離《はな》れ、リボーン王国へ留学することになったのだとシルヴィール様から聞いたことがある。

シルヴィール様はシュナイザー様の分まで責務を全うしようと、この三年間気迫《きはく》溢《あふ》れるばかりに活躍《かつやく》されていた。それは、シュナイザー様が留学せざるを得ない状況《じょうきょう》になった発端《ほったん》は自分にあると思っているからではないだろうか。

複雑すぎるシュナイザー様の縁談の相談を、私が受けてもいいものか。

「あ、あの……シュナイザー様」

「ルイーゼにしか相談できないのよ、聞いてくれるわよね……？」

ニッコリと微笑まれたシュナイザー様の表情が、あの獲物《えもの》を狙《ねら》う時のシルヴィール様と重なって、私は本能的にまずいことになったのでは、と焦りを感じたが、圧に負けて頷いてしまった。

シュナイザー様は満足げに目を細め、縁談について話し始めた。

「私の婚約者ってずっとゴタゴタして決まらなかったじゃない？　貴族間や国同士のバランスとか、派閥とか、力関係とか……。王族として生まれてきたからには、国益になる婚姻《こんいん》をすることに異論はないわ。でも、婚約者に選んでくれないのなら武力行使してやるっていう過激派も現れちゃって……誰を選んでも血が流れそうだったから、鎮静《ちんせい》化させるためにも国外へ出ていたのだけど……」

「シュナイザー様……」

想像以上に苦労されていたのだと知り、胸が締《し》め付けられた。のほほんとシルヴィール様の婚約者として過ごしていた自分が申し訳なく思えてくる。

「そんな顔しないで。私はリボーン王国に留学できたこと、心から良かったと思っているの。むしろ永住したいくらいだったけど、長く不在にできるわけではないしね」

大変な思いをしたシュナイザー様を癒《いや》したのは、留学先のリボーン王国での三年間だったのだろうか。リボーン王国のことを語る表情はとても穏《おだ》やかだった。

「私が帰国したからには、すぐに婚約者を決めた方がいいってわかっているわ。……だからって、全てを黙《だま》らせ敵を自ら薙《な》ぎ倒《たお》せる最強勢力に手を出さなくたっていいじゃないっ！」

「はえ……？」

一転して頭を抱えたシュナイザー様は悩《なや》ましげな表情で続けた。

「世界で一番強い武力を誇《ほこ》る伝説の一族って知っている？ 一人で千人の兵を薙ぎ倒し、武器も使わずに、己《おのれ》の身体《からだ》のみで戦える負けなしの最強の武家……トランス王国のユーズウェル公爵《こうしゃく》家よ」

「そっ、そのような格好いい一族が存在するのですか⁉」

「するのよっ。そして、信じられないことに、そのユーズウェル公爵家のご令嬢とのお見合いが決まったのよーっ‼」

「えぇえぇえぇぇぇぇ――っ⁉」

話を聞くと、軍事力が世界トップクラスに位置するトランス王国の武力との結びつきを強めるため、シュナイザー様は数日後にトランス王国が誇る最強の武家である、ユーズウェル公爵家の令嬢マリアベル・ユーズウェル様とのお見合いを予定されているらしい。

他の婚約者候補も口出しできない権力と武力を兼《か》ね備えたマリアベル・ユーズウェル様は、理想のお見合い相手と言えるが……。

「そんな強くて格好いいご令嬢と乙女な私が結婚《けっこん》だなんて、無理よーっ。嫌《きら》われて軽蔑《けいべつ》されて終わりよーっ！」

シュナイザー様がナヨナヨと泣き始め、その姿にギョッとしてしまう。

脳内でシルヴィール様と重ね合わせないように気持ちを切り替《きりか》えて、シュナイザー様を慰《なぐさ》めるのに徹《てっ》する。

「まだわかりませんわよ。案外気が合うかもしれませんわ！」

「ルイーゼみたいに理解のあるご令嬢なんてそうそういないわよーっ！ ……ルイーゼがお見合い相手なら、良かったのに」

「えぇ……っ⁉」

シュナイザー様の爆弾《ばくだん》発言に吃驚《びっくり》してしまう。

固まった私を見て、シュナイザー様はふっと面白《おもしろ》そうに笑った。

「嘘《うそ》よ。弟が溺愛《できあい》しているルイーゼに横恋慕《よこれんぼ》なんてしないわよーっ」

「……っ‼」

揶揄《からか》われたことに気が付き、素直《すなお》に吃驚してしまった自分が恥《は》ずかしくなる。

「それとも……本気にした？」

そう言って意地悪そうに微笑む顔は、やっぱりシルヴィール様が私に甘い言葉を言って反応を楽しんでいる時の表情とよく似ていて、この二人は絶対に腹黒兄弟だと実感する。

「本気になんてしてませんわ！ 全く、本当にシュナイザー様とシルヴィール様はそっくりなご兄弟ですわね」

ポツリと零《こぼ》した言葉に、クックッと笑っていたシュナイザー様は真顔になってしまった。

「似ているかしら……」

「ええ、（腹黒いところが）似ていると思いますが……」

自分の掌《てのひら》を見ながら、シュナイザー様はどことなく寂しそうな表情になった。

「ふふ。私もシルヴィールみたいになれれば良かったのにね……」

そう小さくシュナイザー様が呟《つぶや》いた。

――え……シルヴィール様のようにもっと腹黒に？

乙女チックな腹黒王太子のシュナイザー様を想像して背筋に悪寒が走る。

絶対やめた方がいいと思う。

「シルヴィールは男らしいし、『爆破《ばくは》』なんて格好いい固有魔法も持っているしね。それに比べると私は……」

シュナイザー様が手をかざすと、ぽんっと可愛らしいお花が出てきた。

「『植物生成』なんてか弱い固有魔法だし……。ああ、お見合い相手のマリアベル様に軟《なん》弱《じゃく》な男で頼《たよ》りないと思われないかしら」

ナイル王国の王族は固有魔法を宿し生まれてくる。シルヴィール様の固有魔法は『爆破』であり、あらゆるものをその名の通り爆破できる。その威力《いりょく》はとんでもないものだ。必殺技《わざ》っぽくって格好いいと憧《あこが》れる反面……爆音《ばくおん》と共に更地《さらち》になった場面が脳裏《のうり》に蘇《よみがえ》り、シュナイザー様も『爆破』を使えたとしたら、更に大惨事《だいさんじ》になること間違《まちが》いない。

「シュナイザー様、お花が出せるなんて素晴《すば》らしい魔法だと思いますわ。平和なその魔法が私は好きです。シルヴィール様とシュナイザー様にはそれぞれの魅力《みりょく》があると思いますわ」

シュナイザー様の固有魔法である『植物生成』はあらゆる植物を生成できる素敵な能力だと聞いている。シュナイザー様らしい優《やさ》しい魔法はぴったりだと思うのだが。

「ありがとう……ルイーゼ。これ、あげるわ」

目尻《めじり》の涙《なみだ》を綺麗な指で拭《ぬぐ》いながらシュナイザー様は微笑み、私に可愛い花束をくれた。

「私、頑張《がんば》ってみるわ」

「はいっ。シュナイザー様なら大丈夫《だいじょうぶ》ですわ」

王太子としての重圧があったり、シルヴィール様と比べられたりと、シュナイザー様の置かれた立場を思うと胸が痛くなった。

私は、今の乙女全開な姿も、弱音を吐《は》く姿も、悪いとは思わない。むしろ人間らしくて魅力的ではないだろうか。

——ああ、シュナイザー様の良さをマリアベル・ユーズウェル様がわかってくださいますように……。

可愛らしい花束を見つめながら、そう願わずにはいられなかった。

「ルイーゼ、あの後兄上と会ったんだね。兄上から聞いたよ」

翌日、学園でシルヴィール様が、薄《うっす》らと微笑みながら問いかけてきた。

笑っているのに……背筋が冷たく感じるのは何故だろうか。

「い、一緒にご挨拶するとお約束したのに、すみません。たまたま偶然《ぐうぜん》出会って」

温室でお茶会をして結構盛り上がったなんて言えない雰囲気《ふんいき》だ。

それに、シュナイザー様の秘密にも繋《つな》がってしまうので、詳細《しょうさい》はできるだけ伏《ふ》せたい。

ここはなんとしても誤魔化《ごまか》さなければと、必死に笑顔《えがお》を作る。

「……そうなんだね」

「そうですわ！」

何とか乗り切ったとホッと一息吐《ひといきつ》いていると、

「でも、王宮から君が帰ったのは随分遅《ずいぶんおそ》かったと使用人から聞いているよ。何を話し込んでいたの？」

シルヴィール様の鋭《するど》い切り返しに、私の額に薄らと汗が滲《にじ》む。

「留学のお話やあちらでのお勉強のことを伺ったりしてましたのっ。久々にお会いしたので」

「そう――」

納得《なっとく》していない雰囲気のシルヴィール様に、これ以上突《つ》っ込まれたら要《い》らないことを口走りそうで目が泳いでしまう。

「で、本当は何を話していたのかな？」

もうバレているのだろうか。シルヴィール様の探《さぐ》るような視線に私は更に目を泳がせる。

「トランス王国のユーズウェル公爵令嬢様とのお見合いがあるとかで、その相談に乗っていましたの！」

「……ふぅん」

納得していないであろう声色《こわいろ》に、心臓がバクバクと音を立てる。しかし、シュナイザー様の秘密は絶対に口外できない。必死に笑みを作る私に、シルヴィール様は深いため息を吐いた。

「全く……、仕方ないね。何か困ったことがあればすぐに言うんだよ？」

シルヴィール様の言葉に、ホッと胸を撫《な》で下《お》ろした。危機一髪《ききいっぱつ》、シュナイザー様の秘密を守り抜いたのだ。

「でも、兄上だけじゃなく……私にもしっかり構ってくれないとね」

先ほどの空気から一変し、甘い雰囲気を醸し出したシルヴィール様に軽々と抱《だ》き上げられて、膝《ひざ》の上に座らされてしまう。

――ここ……定位置化してません⁉

真っ赤になって俯《うつむ》くと、耳元に口付けを落とされる。

「……っ‼」

「ふふ。ルイーゼは耳が弱いよね」

「い……意地悪ですわっ」

可笑《おか》しそうに笑うシルヴィール様を恨《うら》めしく思う。

どうしていつも敵《かな》わないのだろうか。

「いつか見返して差し上げますからね！」

シルヴィール様を掌で転がす……。

想像しても全く現実味がない気がするのは何故か。

「ルイーゼにはいつも敵わないよ――」

そうぽつりと言ったシルヴィール様の声は、小さすぎて私には聞こえなかった。

「はー、危なかったですわ」

シルヴィール様の包囲網《もう》から逃《のが》れ、廊下《ろうか》を歩いていると、いきなり空き教室へ引っ張り込まれた。

「なっ……!! ぴ、ピクセル!?」

吃驚して顔を上げると、ピンクブロンドの髪《かみ》が目に入る。私を引っ張り込んだのは、ピクセルだったらしい。

「ちょっと話があるの。ねえ、王太子様が帰ってきたって聞いたんだけど、本当？」

「え、ええ。本当ですわ」

なんでそんなことを訊《き》くのかと不審に思っていると、ピクセルはこちらをじっと見つめてきた。

「王太子様が登場したってことは……セカンドステージが始まったってことかしら……」

『主人公だった人（凡人《ぼんじん》）』を頭の上に浮かべたピクセルが意味深に呟いた。

──セカンドステージって……まさか、『変態物語』が続いていますの!?

ピクセルは、庶民《しょみん》だったが『癒しの力』の素質を見出《みいだ》され、ルノー男爵《だんしゃく》家に養子に入った。入学当初は、頭の上に『主人公（あざといヒロイン）』と意味のわからない文字が浮かんでいた。

彼女は『攻略対象《こうりゃくたいしょう》』という文字を頭の上に浮かべた男性達に近付き、木の上から落ちてきたり、大胆《だいたん》に迫《せま》ってみたりと不敬すれすれの危険行為《こうい》ばかりしていた。貴族の慣例に不慣れなのだと思い、善行令嬢として助言していたのだが、全く聞き入れてもらえず手をこまねいていると、ピクセルは『癒しの力』を発現したのだった。

聖女候補となったピクセルの後ろ盾《うしだて》になったシルヴィール様の婚約者として彼女の教育係を任された私は、手ごたえのなさを感じつつも必死に彼女の教育を行った。

入学当初から何故か私に敵意を見せていたピクセルだったが、一緒に拉致《らち》・監禁《かんきん》事件に遭った縁《えん》もあり、今では打ち解け友人と呼べる仲となったのだ。

一カ月の謹慎《きんしん》処分が明けてしばらくの間は、『癒しの力』をコントロールできるよう、学園で大人しく学んでいる。

──そのはずだったのだが。

「せっかく目立たず、平凡《へいぼん》に生きてきたのに。さくらを見るまでは生き延びたいのに！」

一人で何やら叫《さけ》んでいるピクセルに思考が追い付かず、無難な相槌《あいづち》しか打てない。

今後の変態対策のためにも詳細を聞いておいた方がいいだろう。

そう、教育係の時から現在に及び彼女と共に過ごす中で、わかったことが一つだけある。

それは、実はピクセルは『変態』であり、自身で作り上げた『変態物語』をこよなく愛しているという衝撃《しょうげき》的事実だ！

『攻略対象』＝《イコール》変態一味と仲良くしたがっていたのも、変態同士惹《ひ》かれ合うものがあったから。不敬すれすれの行為を繰《く》り返すのも、階段から突き落としてほしいと懇願《こんがん》してくるのも、酷《ひど》い目に遭って快感を得たいからという変態的思考回路によるものだったのだ。

自分を『変態物語』の主人公である『ヒロイン』と称《しょう》し、様々な物語を妄想《もうそう》している様子で、私も勝手に巻き込まれ、『転生者』という名の『変態物語』の登場人物に認定《にんてい》されている。ご免《めん》こうむりたいが、友人であるピクセルのためだ。私は彼女の嗜好《しこう》も、『変態物語』も否定することなく、一緒に楽しむ道を選んだ。

色々あって、人間として成長したピクセルは、最近は『変態物語』について語ることはなかったので、内心ホッとしていたのだが――。

始まってしまったのだろうか……。

『変態物語』のセカンドステージとやらがっ!!

「せ、セカンドステージとは……どのような『(変態)物語』ですの?」

「あー、あなた、セカンドステージはやってなかったパターンの転生者か。いいわ、教えてあげる。セカンドステージはね、トランス王国とナイル王国をまたぐ恋愛《れんあい》ストーリーよ! 王太子殿下《でんか》を始めとした新キャラが沢山《たくさん》出てくるの。主人公は……えーっと、トランス王国の……あーまた思い出せないわ」

セカンドステージはやってなかったパターンの転生者とは……? 変態用語すぎてわからないが、深く考えたら沼《ぬま》にはまるのでやめよう。

それにしても、凄《すご》い妄想力だ。帰国したシュナイザー様までこの『変態物語』に巻き込むところなど、目の付け所が変態である。ここまで来ると脱帽《だつぼう》するしかない。

「とにかく、また危険な目に遭うのはごめんよ! 絶対に巻き込まないでね!」

「はぇっ……？」

「それだけ言いたかったの！　絶対よ！　放っておいてね！」

これは……。また放置される喜びを求めているのだろうか？　以前、物置に放置する作戦に協力したというのに、くせになってしまったのだろうか。性癖《せいへき》を拗《こじ》らせていく彼女に、私は諦めたように頷いた。

「わかりましたわ……。不本意ですけど……私、ピクセルを放置いたしますわ！」

変態行動に加担はしたくないが、友人なのだから仕方ない。友情の念を込《こ》めた熱い視線を向ける私に、ピクセルは微妙《びみょう》な表情を浮かべるのだった。

シュナイザー様の帰国に合わせトランス王国から出立されたマリアベル・ユーズウェル様は、馬車で一週間かけてナイル王国に無事到着《とうちゃく》され、二人のお見合いは明日に迫っていた。

シルヴィール様の婚約者である私も、お見合いの席でマリアベル・ユーズウェル様へ挨拶する予定である。

「明日はよろしく頼《たの》むよ」

　そう言ってシルヴィール様の前では爽《さわ》やかに微笑んでいたシュナイザー様は……。

「あああぁ！　どうしましょう。明日よっ。ついに明日が来るわーっ」

　温室にて思いっきり動揺していた。

「お、落ち着いてください。まだ上手《うま》くいかないと決まったわけではありませんわ」

「いいえっ。こんなナヨナヨした私じゃお気に召《め》してもらえないはずよーっ！　瞬殺《しゅんさつ》よぉぉ、一刀両断よぉ！」

「シュナイザー様は足が速かったじゃありませんか。いざとなったら俊足《しゅんそく》で逃げてください！　それで生き延びられますわ」

「それは王太子としてダメよー！」

　明日に向けた作戦会議は、全く解決方法を見出せなかった。


　不安なまま迎《むか》えた当日。

「ようこそナイル王国へ、マリアベル・ユーズウェル公爵令嬢」

「こちらこそ、手厚い歓迎《かんげい》を感謝いたします。マリアベル・ユーズウェルと申します。どうぞよろしくお願いいたします」

　王家の面々と一緒に、私はマリアベル・ユーズウェル様をお迎えした。

　シュナイザー様から世界最強の武家と聞いていたので、大柄《おおがら》で逞《たくま》しい強者のオーラ漂《ただよ》う女性なのではとワクワクしていたが、引き締まった身体に長身、ネイビーブルーの髪を一つに結《ゆ》わえ、意志の強そうな紺色《こんいろ》の瞳《ひとみ》がキリっとしているクール美人なご令嬢だった。

想像とは違《ちが》ったが、微笑む姿すら凛々《りり》しく格好よくて、見惚《みと》れてしまう。

けれど、彼女の頭の上に、『武闘《ぶとう》派の悪役令嬢（可愛いもの愛好家）』の文字が浮かんでおり、私は思わず目を見開いた。

——どどど、どうしましょう！　マリアベル・ユーズウェル様の上に『悪役令嬢』が浮かんでいますわ！

それ以外の文字も少し気になるところだが、一旦置いておこう。

物心ついた時から、私の上にも『悪役令嬢（破滅《はめつ》する）』が浮かんでいて、それはもう苦労して破滅を回避《かいひ》したのだ。

マリアベル・ユーズウェル様が、まさかこの不吉《ふきつ》な『悪役令嬢』になってしまっているだなんて。

とても他人事《ひとごと》とは思えず、心配になってしまう。

善行令嬢になるのを私がお助けした方が良いのだろうか!?

「どうしたんだい？　ルイーゼ、顔色が悪いよ？」

「い、いえ、大丈夫ですわ！」

シルヴィール様に心配され、私は必死に平静を装《よそお》った。未《いま》だに心配そうな彼に大丈夫だとわかってもらえるようにニッコリと微笑み、なんとか誤魔化したのだった。

会食の場では、お見合いらしい緊張感《きんちょうかん》が漂っていた。

「マリアベル殿《どの》、お口に合うだろうか。我がナイル王国原産の野菜やナイル牛を使用したメニューはいかがかな」

「とても美味しいです。ナイル牛とは是非闘《たたか》ってみたいものです」

「そうか。それは良かった」

「…………」

二人とも緊張しているのだろうか。瞬時《しゅんじ》に会話が終わってしまった。

それにしてもマリアベル・ユーズウェル様は何故牛と闘う気満々なのか。もしかしたら、冗談《じょうだん》で和《なご》ませようとしているのかもしれない。ならばシュナイザー様はなかったかのように冗談を流しては失礼なのでは？

色々考えると胃がキリキリと痛み出し、せっかくのナイル牛の味もわからなくなってきている。二人の会話が続かずシーンとする中、シュナイザー様に相談を受けていた私が助《すけ》太刀《だち》しなければと、意を決して言葉を発する。

「ううう、牛と闘われるなんて、素晴らしいですわねっ。私も一度手合わせしてみたいものですわ、ナイル牛!!」

「シュナイザー様は足が速いので、狩《か》りもお得意そうですわね。皆《みな》でナイル牛を狩りに行きます⁉」

「ル、ルイーゼ何を……」

「ルイーゼ。ナイル牛は畜産《ちくさん》のものだから、狩りは無理だよ」

シルヴィール様のツッコミで、その場はシーンと静まり返った。二人が仲良くなれるように助《たす》け舟《ぶね》を出したつもりが、一瞬で沈《しず》んでしまったようだ。

「ふふっ……。緊張を和《やわ》らげようとしてくれて感謝する。我が国では畜産はせず、狩場《かりば》で獲物を捕《と》らえるのが一般《いっぱん》的なんだ。是非、その畜産の場を見てみたい」

マリアベル・ユーズウェル様が畏《かしこ》まった口調を崩《くず》し、緊張がほぐれたように柔《やわ》らかく微笑んでくれて、会食の場は一気に和らいだ。凛《りん》とした姿も素敵だが、微笑むと更に素敵な方だとポーッと見惚れてしまう。

「では滞在《たいざい》中にでもご案内しよう」

「是非、お願いしたい」

シュナイザー様も緊張が和らいだのか自然と笑顔になっており、いい雰囲気である。

それから国王陛下や王妃様が場を仕切ってくれ、和気あいあいと会食は進んでいった。

「ナイル王国の貿易は――」

「なるほど、我がトランス王国では――」

しかし、シュナイザー様とマリアベル・ユーズウェル様の会話は政治的な話題が中心で、あまり盛り上がっていない様子だった。

それならば私が!! とフォローしようとしたが、隣《となり》の席にいたシルヴィール様にギュッと手を握《にぎ》られ、無言の圧力を受けたので大人しくしていた。

会食は終了《しゅうりょう》し、私がキリキリする胃をさすっていると、シルヴィール様が心配して客室を用意してくれた。

「胃薬を手配してくるから先に部屋へ向かっていてくれる？」

「ありがとうございます。わかりましたわ」

結局何もできなかった自分に深いため息を吐きながらドアを開けると、

「きゃあ！　これかーわーいーいー！　クマたん！」

テディベアを愛でるマリアベル・ユーズウェル様がいた。

「…………」

「…………」

あまりの衝撃に言葉を失ってしまう。用意された客室を間違えてしまったのだろうか。

むしろ何故客室にテディベアとマリアベル・ユーズウェル様がいるのだろう。

何度も目を瞬《まばた》かせるが、マリアベル・ユーズウェル様は幻覚《げんかく》ではなく本物みたいだ。

「す、すまない、この客室の中に可愛いぬいぐるみが見えたものだから……つい入ってしまって」

真っ赤になってどうにか取《と》り繕《つくろ》おうとしているマリアベル・ユーズウェル様は、会食でのクールさはどこかへ吹《ふ》き飛《と》ばされてしまったかのように、凄く取り乱している。

「い、いえ……。お気になさらず……」

「失礼した。貴殿《きでん》は会食の場におられたシルヴィール殿下のご婚約者とお見受けする」

「ルイーゼ・ジュノバンと申します。シルヴィール様とは婚約させていただいております。ルイーゼとお呼びください。どうぞよろしくお願いいたしますわ」

形式張った挨拶も、先ほどの光景が衝撃すぎて頭が真っ白になる。

「では、ルイーゼ殿……。その……、今の……、見られただろうか」

ああ……、何だか覚えがあるやり取りのような気がしてならない。

「い、いえ、マリアベル・ユーズウェル様。私は何も見ていませんわ！」

人には誰しも知られたくないことがあるだろう。狼狽《うろた》えているマリアベル・ユーズウェル様に止《とど》めを刺《さ》すようなことはできないし、ここは大人な対応がベストな気がする。

何も知らないですよ！ という表情を取り繕う私の目を、彼女は真っすぐに見つめ返した。

「マリアベルと……そう呼んでくれ。知らない振りをしてくれてありがとう。あなたは……優しいんだな」

見え見えの嘘が一瞬でバレてしまい、少し気まずい雰囲気になる。

眉《まゆ》を下げ申し訳なさそうにマリアベル様はこちらを見た。

「私は……武家の出身だから……。似合わないだろう？　いつも強くあろうとして……気が付けばそれに反発するように可愛いものが好きになったんだ」

「そうだったのですね……」

「急にすまなかった。こんなことを言われてもあなたが困るだけなのに」

「い、いいえ。何だか私もマリアベル様のことを他人事とは思えませんの。是非お友達になってくださいませ！」

こうして元悪役令嬢と現悪役令嬢は友人になったのだった。

因《ちな》みに後で確認《かくにん》したら、テディベアにはシュナイザー様から私へのお礼のメッセージが添《そ》えられていた。帰《かえ》り際《ぎわ》に今日のお礼として渡そうと準備していたが、私が客室で休んでから帰ることになったので、気を遣《つか》って客室へ置いておいてくれたらしい。

シルヴィール様が胃薬を持って客室に現れた頃には、私とマリアベル様は筋肉談義に花を咲《さ》かせていた。

「ルイーゼ、君はいつも本当に予想外だね」

すっかり仲良くなった私達を見て、シルヴィール様は少し驚いた表情をしている。

「ふふふ。悪役同盟ですわっ」

「…………？」

わけがわからないような表情をしているシルヴィール様に意味深に微笑んでみる。

いつもシルヴィール様が私に向ける余裕《よゆう》たっぷりな笑みを、一度真似《まね》してみたかったのだ。我ながら上出来だとホクホクする。

――マリアベル様は一週間ほど滞在するので、その間に『悪役令嬢』の呪縛《じゅばく》を解ければいいですわね！

意気込む私に、シルヴィール様は心配そうな笑みを向けていた。

第二章　王太子、恋をする

「ああ、どうしましょう。全く上手《うま》くお話しできなかったわー！　マリアベル様が凛々《りり》しくて素敵《すてき》な方で、もうドキドキしちゃって、つまらないことしか言えなくて撃沈《げきちん》よぉ」

恒例《こうれい》の温室での作戦会議で、シュナイザー様は項垂《うなだ》れている。

結局お見合いの席で政治の話しかしていなかったシュナイザー様は、自身の不甲斐《ふがい》なさに落ち込まれている様子だ。

でも、『素敵な方』ということは……シュナイザー様のマリアベル様への感触《かんしょく》は良好なのではないか。公《おおやけ》の場では『マリアベル殿』と呼んでいたのに、憧《あこが》れを込《こ》めて『マリアベル様』呼びになっている。もしやファンになったのだろうか？

女の私でもドキッとしてしまうくらいマリアベル様は素敵な方だし、ファンになってしまうのも頷《うなず》ける。可愛《かわい》いものが好きなことは内緒《ないしょ》にされているが、テディベアを愛《め》でている素の姿も可愛らしくて、本当に魅力溢《みりょくあふ》れる令嬢《れいじょう》なのだ。

そう思うと……心は乙女《おとめ》なシュナイザー様と、可愛いもの愛好家のマリアベル様はとてもお似合いの二人ではないだろうか。二人とも乙女な部分を秘密にしているので仕方ないが、通じ合えないのは勿体《もったい》ないと思ってしまう。

「ちょっとルイーゼ、聞いてる？　それにルイーゼの方がマリアベル様と楽しそうに話してた気がするわっ。嫉妬《しっと》よ！」

二人について考えていたら、話を聞いていないと誤解したシュナイザー様に怒《おこ》られてしまった。

その上、私に嫉妬したらしく、シュナイザー様はハンカチを噛《か》み締《し》めてこちらを恨《うら》めしそうに見つめている。シルヴィール様とそっくりな顔で乙女な仕草をされると、見てはいけないものを見てしまった気がしてそっと視線を外した。

「す、すみません。お二人がどうすれば仲を深められるか考えていましたの。なので、ハンカチを噛むのはおやめになってくださいませ‼」

「ううっ！　それなら仕方ないわね」

「うーん、どうしたら……。そうですわ！　マリアベル様にもお花や可愛らしいもののお話をしてみたらいかがですか？」

「え……、彼女興味あるかしら？　ドラゴンの倒《たお》し方とか、奇獣《きじゅう》の乗りこなし方とかの方がいいんじゃないかしら？」

――ああ。すれ違《ちが》ってますわ……。

私から秘密を暴露《ばくろ》することはできないので、もどかしくなってしまうが、アドバイスだけなら許されるだろうか。マリアベル様が喜びそうなことは……。

「と、とりあえず、お花をプレゼントしてみたらいかがですか？　女性は皆《みな》喜ぶかと思いますわ」

「そうねっ！　とっておきのお花、準備するわっ！　さっそく明日、観光の案内をする予定があるんだけど……。そうだ！　ルイーゼも一緒《いっしょ》に行きましょー！」

「えっ」

「マリアベル様とも仲良くなったみたいだし、ルイーゼがいてくれると心強いわっ。会食みたいに政治の話だけで終わらせたくないのよ」

子犬のような瞳《ひとみ》で見つめられ、断りにくい状況《じょうきょう》に追い込まれる。

「ルイーゼ、一緒に来てくれる？」

「は、はい、わかりましたわ」

またもやシュナイザー様の圧に負けてしまった。

翌日、私を迎《むか》えに来たのは何故《なぜ》かシルヴィール様だった。

「兄上達と観光に出かけると聞いて、私も仲間に入れてもらったんだ。今日一日よろしくね」

爽《さわ》やかな笑顔《えがお》なのに、『なんで私に黙《だま》って兄上と出かける予定になっているのかな？』

という無言の圧力を感じる。

「きゅ、急遽《きゅうきょ》お誘《さそ》いいただきましたのっ。シルヴィール様も一緒なんて嬉《うれ》しいですわ」

「そう。良かった」

「シュナイザー様方をお待たせしてはいけませんね。さあ！　行きましょう」

　重たい空気を変えるようにわざと明るく振《ふ》る舞《ま》い、シルヴィール様のエスコートで馬車に乗り王宮へ向かう。馬車の中でシルヴィール様に散々甘やかされたのは秘密だ。

　王宮に着き、シュナイザー様とも合流し、マリアベル様が宿泊《しゅくはく》されている賓客《ひんきゃく》用の宮へと迎えに出向いた。

「マリアベル殿《どの》。今日は貴重な時間をいただき感謝する。これは私からの贈《おく》り物《もの》だ」

　シュナイザー様はマリアベル様を出迎《でむか》えて、スマートに花束をプレゼントする。

「っ……‼」

　私はその花束を見て、意識が遠のきそうになった。

　何故シュナイザー様は満面の笑みで、食虫植物の花束をマリアベル様に渡《わた》しているのだろうか。

「あ、ありがとうございます……」

　笑顔が少し引きつりつつも、お礼が言えるマリアベル様は懐《ふところ》が深くて素敵な令嬢である。可愛いもの好きなマリアベル様にとって食虫植物には絶対に引いたはずだ。

「では、馬車で観光地へと向かおうか」

颯爽《さっそう》とエスコートするシュナイザー様はやりきったとばかりに清々《すがすが》しい笑みを湛《たた》えている。それに対して、マリアベル様の表情は暗かった。

――あああぁ、すれ違ってますわぁぁ!!

私は自身のアドバイスが招いたすれ違いに頭を抱《かか》えるのであった。


観光地へ向かう馬車は男女で分かれて乗り、向かい合い座っている私とマリアベル様には重たい空気が流れていた。

「私は嫌《きら》われているのだろうか」

食虫植物の花束を見つめ呟《つぶや》いたマリアベル様に全力で謝りたくなった。

私が『お花をプレゼント』などと余計なことを言わなければ、と後悔《こうかい》してももう遅《おそ》いのだ。

「そ、そんなことは有り得ませんわ。マリアベル様は素敵ですもの。嫌いになる殿方《とのがた》なんていませんわ!」

「ルイーゼ殿……」

とはいえ、食中植物を贈られたら、相手に嫌われていると思うだろう。

どうにかして誤解を解かないと二人はこのまますれ違ってしまう。

「マリアベル様、シュナイザー様は——」

言いかけたところで、馬車が停止し、モォォォォォォ——と牛の鳴き声が響《ひび》く。

窓の外にはのどかな牧場が広がっていた。

——えっ⁉　観光って……牛でしたの——⁉

初めてのお出かけで牧場という選択《せんたく》はマリアベル様にとって、どうなのだろう。もっと女性が憧れるようなデートスポットが良かったのでは、と思ってマリアベル様を見ると、

「宴《うたげ》でちょっとだけ話したことを覚えていてくれて、しかもすぐに手配して、本当に連れて行ってくれるなんて……」

と感動している様子だった。

——まあ本人が喜んでいるならいいのでしょう……か？

エスコートされて、私達は馬車を降りた。

「ここは我がナイル王国が誇《ほこ》るナイル牛の牧場なんだ。観光地にもなっているので、色々と見学や体験ができるよ」

「なんと素晴《すば》らしい。牛を育てているのだな。実際に見てみたいと思っていたのです。さっそく見学してみても？」

「ああ、行こう」

シュナイザー様とマリアベル様は、食虫植物花束事件などなかったかのように、微笑《ほほえ》ま

しく牧場を回っていた。

私も初めての牧場にウキウキしていると、シルヴィール様がクスリと笑いを零《こぼ》した。

「楽しそうだね」

「はいっ！　牧場は初めてなので」

ほのぼのしていると、突如《とつじょ》シュナイザー様は嬉しそうに一頭の逞《たくま》しいナイル牛を引き連れてやってきた。

「マリアベル殿っ！　こちらの牛は運動不足だから手合わせしても良いと許可を貰《もら》ったよ。思う存分触《ふ》れ合ってくれ」

——あああああ!!　せっかくいい雰囲気《ふんいき》でしたのに、牛と手合わせってどういう意味ですの!?　乙女チックゼロですわ、シュナイザー様!!

どうフォローしたら良《い》いのかわからず頭を抱えてしまう。横にいたマリアベル様の様子を恐《おそ》る恐る窺《うかが》うと——何故か頰《ほお》を染めて嬉しそうにしていた。

「手合わせしたいと話したことを覚えていてくれたのだろうか……。それで、わざわざ私のために……？」

何かポツリと呟いた後、マリアベル様は頭をブンブンと横に振り、キリッとした表情に戻《もど》った。

「シュナイザー様。心遣《こころづか》い感謝する。ふむ、ではナイル牛殿、手合わせを——」

「ま、マリアベル様⁉」

案外乗り気なマリアベル様に吃驚《びっくり》してしまう。しかし、よく考えるとまずいのではないだろうか。

マリアベル様の頭上に浮《う》かぶ『武闘《ぶとう》派の悪役令嬢（可愛いもの愛好家）』の文字のごとく、このまま牛と闘《たたか》ったら本物の『武闘派の悪役令嬢』になってしまうのでは。

――マリアベル様に闘わせてはいけない気がしますわ！

「待ってくださいませ！　ナイル王国代表として、まずは私がっ！」

ナイル牛の前に勢いで飛び出してしまったものの、自分よりも遥《はる》かに大きな牛に血の気が引いていく。

――て、手合わせとは……一体……。

緊迫した空気が流れ、牛と睨《にら》み合いが始まった。因《ちな》みに牛の頭上には『ナイル牛（運動不足。痩《や》せて復縁《ふくえん》したい）』と浮かんでいた。牛にも心が……悩《なや》みがあるとわかり、急に親近感が湧《わ》いてくる。牛心は複雑なのだ。恐怖心《きょうふしん》が一気に吹《ふ》き飛《と》ぶ。

「牛さんっ、大丈夫《だいじょうぶ》、きっと痩せられますわ！」

「モォオオオ――」

励《はげ》ましの言葉が気に障《さわ》ってしまったのか、牛さんは私目掛《めが》けて突進《とっしん》してきた。

これは、日ごろの鍛錬《たんれん》の成果を発揮する機会かもしれない。鍛錬場の外周を必死に回って鍛《きた》えた走りは、牛さんにも負けないと証明できるのでは⁉ それに、牛さんの運動不足も解消できて一石二鳥である。

「牛さん、勝負ですわっ！ 私とかけっこいたしましょう‼」

「モォォォォ――」

こうして牛さんとの追いかけっこが始まった。運動不足らしい牛さんは久々の運動にイキイキしているように見える。『復縁したい』と頭上に浮かんでいたので、失恋《しつれん》で落ち込み、引きこもっていて運動不足になってしまったのだろうか。シュナイザー様が牛さんを連れ出してくれ、一歩踏《ふ》み出《だ》す勇気を貰えたのでは。

この追いかけっこがきっかけとなって、牛さんが元気を取り戻して日々運動できるようになり、また身体《からだ》が引き締まれば復縁も望めるかもしれない。

「さあ、牛さん、頑張《がんば》りましょうっ‼」

「モォォォォ――」

言葉は通じなくても、牛さんと私に友情が芽生えた気がした。最初こそ突進してきた牛さんだが、もう怒《いか》りは感じられず、むしろ楽しそうである。

「さすが、ルイーゼ殿。素晴らしい持久力だ。私も一緒にいいだろうか？」

「はいっ！ 共に汗《あせ》を流しましょうっ‼」

途中《とちゅう》からマリアベル様も加わり、私達は清々しい汗を流したのであった。

かなかった。
シュナイザー様とシルヴィール様が、遠い目をして私達を見つめていたことには気が付
「…………」
「私達、何を見ているんだろうね……」

牛さんとの追いかけっこは、従業員が牛さんを迎えに来たので終了《しゅうりょう》した。颯爽と去っ
て行く牛さんの足取りは軽《かろ》やかで、きっとこれからは復縁という目標のために運動を続け
ていけるだろうと思う。素敵なナイル牛になって、復縁できることを祈《いの》るばかりだ。
「ルイーゼ殿は足が速いんだな」
「毎日鍛錬した成果ですわ。でも、シュナイザー様の方が足がお速いんですよ。昔拝見し
た時には風のごとく颯爽と走られていましたわ」
「シュナイザー様は……足も速いのか……」
シュナイザー様の良いところもしっかりアピールする。マリアベル様にどうにかして好
印象を持ってもらいたい。
「あの、シュナイザー様はマリアベル様に喜んでほしくて、沢山《たくさん》準備していましたの！
ちょっと空回りしてしまったかもしれませんが、それは――」
「ふふ。わかっているよ。優《やさ》しくて素敵な方だな。彼は」

「……っ！」

──シュナイザー様っ、マリアベル様に誠意はちゃんと伝わっていましたわよ‼

食虫植物の花束を手渡《てわた》した時にはもう終わったと思ったが、どうにか巻き返せたみたいでホッとしていると、飲み物を持ったシュナイザー様とシルヴィール様がこちらへやってきた。

「お疲《つか》れ様《さま》だったね。喉《のど》が渇《かわ》かないかい？ 飲み物をどうぞ、マリアベル殿」

「あ、ありがとうございます。シュナイザー様」

お見合いの時よりも、二人の間を流れる空気が緊迫《きんぱく》していない様子に、私は頬を緩《ゆる》める。

「ルイーゼ、君の分もあるよ」

「シルヴィール様、ありがとうございますっ」

「随分《ずいぶん》楽しそうに走っていたね」

「はい！ 牛さんの復縁のために頑張りました」

「……………？」

困惑《こんわく》した表情のシルヴィール様に牛さんについて説明すると、クスリと笑われてしまった。

「君らしいね。それにしても、動物の頭の上にも文字が見えるの？」

「見える動物と、何も浮かんでいない動物がいますね。特別な事情を抱えている動物に文字が浮かぶのでしょうか。先ほどの復縁したい牛さんのように……」

「なるほどね。動物にでも親身になれるのは良いことだけど、無理はしないこと。今度何か見えたら、私にも相談してね。わかった？」

優しく微笑むシルヴィール様に、ドキリと胸が音を立てる。シュナイザー様とシルヴィール様は顔がそっくりだけれども、こうしてドキドキするのはシルヴィール様だけなのだと実感する。

「はい。わかりましたわ」

シルヴィール様に心配してもらえるのがくすぐったいような気持ちになり、自然と頬が緩んでしまう。

「……可愛すぎるのも問題だな……」

シルヴィール様の呟きは小さすぎて聞き取れなかったのであった。

「さあ、牧場の売店でお土産《みやげ》でも見よう」

牧場での楽しい時間もあっという間に過ぎ去り、シュナイザー様の声かけで売店へと向かうこととなった。

シュナイザー様からの視線が突《つ》き刺《さ》さるような気がしてならない。圧を感じつつ、売店に行くと、可愛らしい牛のぬいぐるみや牛グッズが並んでいた。

――な、なるほど……。シュナイザー様の分も購入《こうにゅう》してほしいという圧ですわね‼

横を向くとマリアベル様は牛の木彫《きぼ》り人形や角の置物を物色しているが、視線はチラチラと可愛い牛グッズに向けられていてピンとくる。

――マリアベル様も可愛らしい牛グッズが欲《ほ》しいのですわね！

シュナイザー様もマリアベル様もお互《たが》いの嗜好《しこう》を隠《かく》しているため、本当に欲しいお土産には手が出せないのだろう。ここは私の出番である。二人の分も吟味《ぎんみ》してお土産を購入しよう。どうせなら仲を深めるためにお揃《そろ》いのグッズにしてもいいかもしれない。

大量のお土産を購入する私を、シルヴィール様だけが不思議そうに眺《なが》めていた。

お土産を購入後は、平和に時間が過ぎ、馬車に乗り王宮へと帰ってきた。

「今日はとても楽しかったですわ。観光の記念として、お土産の牛グッズをどうぞ受け取ってくださいませ」

別《わか》れ際《ぎわ》に、シュナイザー様とマリアベル様にお揃いの可愛らしい牛グッズをお渡しすると、二人は一瞬《いっしゅん》喜びが隠しきれずパアッとした笑顔を見せ、我に返ってクールにお礼を言って受け取った。こんなところまでもそっくりである。

「シルヴィール様にもありますのよ！」

シルヴィール様には逞しい牛の木彫り人形をお渡しした。木彫り人形を持つシルヴィール様は様になっていて、我ながら良い選択をしたと感心してしまう。こっそり、お揃いの木彫り人形を私の分も購入したことは内緒だ。

「……ありがとう。ルイーゼ」

「いいえ！　喜んでいただけて良かったですわ」

こうして牧場観光は幕を閉じたのであった。

「ルイーゼ、ありがとう！　この牛ちゃんグッズ、すっごく可愛いわぁ!!」

恒例となった温室での反省会では、牛柄《がら》のバンダナを首に巻き、牛耳カチューシャを着け、可愛らしい牛のぬいぐるみを幸せそうに抱《だ》きしめるシュナイザー様の姿があった。

ここまで喜んでいただけると、贈って良かったと心から思える。

「マリアベル様と色違いなんですよ。牛グッズ」

「まあ！　マリアベル様は乙女チックなグッズよりも、木彫りの牛の方が良かったんじゃ……。でもでも、お揃いは嬉しいわぁ」

「……きっと、マリアベル様も喜ばれていると思いますわ」

ボソっと零した言葉は、シュナイザー様には聞こえていないようだった。

「あのね、ルイーゼ。私、マリアベル様にどんどん惹《ひ》かれているの。凛々しくて、格好よくって、気高くて——最初から素敵な方だと思っていたけれども、たまに見せる可愛らしい笑顔にキュンとなって……心臓がおかしいのよ」

「なっ！ そ、それは……」

「……そういうことなのかもしれないわ。……でも、マリアベル様は強くて逞しい戦士のような人を伴侶《はんりょ》に望まれているんじゃないかしら。縁談《えんだん》を断られるのも時間の問題ね」

どんどん落ち込むシュナイザー様の心を表すかのように、牛耳カチューシャもシュンと垂れ下がっている。

「それで本当にいいのですか？」

「え——」

「ご自分に芽生えかけている想《おも》いを終わらせてしまっても良いのですか？ もしかしたら、マリアベル様の望む伴侶像はシュナイザー様の考えている理想と違うかもしれませんよ？」

シュナイザー様はマリアベル様を好ましく思っているのに、自分に自信が持てずに諦《あきら》めてしまうのは、勿体ない気がする。ならば、方法は一つしかない。

「鍛錬しますか？」

「は…………？」

「心が弱っている時は、身体が鈍《なま》っている時！　心身を鍛えれば、おのずと答えは見えますわ‼」

「ま、待って……、ルイーゼ、なんかキャラ変わった……⁉」

狼狽《うろた》えるシュナイザー様を立たせ、温室の用具入れから箒《ほうき》を持ってきて笑顔で手渡す。

「さあ！　素振《すぶ》り百回ですわっ‼」

「な、なんでよぉぉぉ――」

温室にシュナイザー様の悲鳴が響き渡った。


「私、もう少し……根性《こんじょう》出してみるわ……」

温室での鍛錬後、ヘトヘトになったシュナイザー様はそう言って去って行った。

――健闘《けんとう》をお祈りしますわ。

私はその後ろ姿を清々しく見送った。やはり、困った時の鍛錬である。素振り百回を五セットした後はたまらない爽快《そうかい》感がある。

きっと、シュナイザー様も後ろ向きな気持ちを振り切って、前に進んでくれるはずだ。

――後は、マリアベル様ですわね。

明日一緒にお茶を飲む約束をしているので、今から作戦を練って二人の距離《きょり》を縮めたい。

私が一生懸命《いっしょうけんめい》『脱《だつ》☆悪役令嬢計画』と『シュナイザー様といい感じになってほしい計

画』を練っている頃《ころ》、シュナイザー様と同じように、マリアベル様も自室で可愛い牛グッズを身に着けて至福の時を過ごしていたのであった。

「シュナイザー様は、とても聡明《そうめい》で博識だ。良い王になるだろう。武術ばかり極《きわ》めた無骨な私には不釣《ふつ》り合いだ……」

王宮の庭で、マリアベル様と一緒にお茶会をしていると、シュナイザー様同様にマリアベル様も思《おも》い詰《つ》めている様子だった。

――ああ……！　すれ違っていますわ！

シュナイザー様は本当は乙女心を持った可愛いもの好きの王太子殿下《でんか》なんですっ！　マリアベル様のこともすっごく意識してます！　と言えればどれだけいいだろう。とにかく、互いの思い込みや誤解を少しでも解けたらいいのだが。

「マリアベル様。私はお二人が不釣り合いだなんて思いませんわ！　マリアベル様は素敵で、魅力的です!!　シュナイザー様にはマリアベル様しかいないと、そう思ってます！」

あの乙女な王太子殿下を受け止められるのは、マリアベル様だけだと心から思う。

私の本気の言葉にマリアベル様は微笑んでくれる。

「本当に……、ルイーゼ殿には励まされる。ありがとう」

素敵な笑顔にこちらがドキドキしてしまう。どうすれば、すれ違っている二人の気持ちが通じ合うのだろうか。でも、それぞれの本性《ほんしょう》を勝手に明かすわけにもいかないし……。

そう悩んでいると、王宮の庭が騒《さわ》がしくなっているのに気が付いた。

「魔物《まもの》だーっ！　魔物が現れたぞ――!!」

けたたましい声に、私は持っていたティーカップを落としてしまった。

「ま、魔物!?」

ナイル王国には様々なところに結界が張られており、魔物が出ることは滅多《めった》にない。

反対に、森に囲まれたトランス王国では、森から魔物が出てくることもあると聞いたので、魔物に慣れているのだろうか。マリアベル様は動じることなくスッと立ち上がった。

「ルイーゼ殿、私の後ろへ！」

緊迫した空気の中、素早《すばや》くマリアベル様は私の前で魔物の襲撃《しゅうげき》に備える。

――か……格好いいですわ！

大きい狼《おおかみ》のような魔物が何匹《なんびき》もこちらへ向かってくるのが見え、背筋が凍《こお》りつく。

魔物を見たのは初めてではないが、こんなにも大きく、なおかつ大群は初めてだ。

――……怖《こわ》い。

身を護《まも》らなければと、逃《に》げなければと思うのに、身体が震《ふる》え出して身動きがとれなかった。

狼の魔物は応戦する兵士達に見向きもせず、真っすぐに私とマリアベル様へ向かってきていた。まるで、私達を狙《ねら》っているかのようだ。

一匹の魔物が大きく飛び跳《は》ねて、私の目の前まで差《さ》し迫《せま》る。

「っ……シルヴィール様――!!」

眼《め》を閉じてとっさに浮かんだのはシルヴィール様の顔だった。

――最期《さいご》にお会いしたかったですわ。

死を覚悟《かくご》した瞬間《しゅんかん》、マリアベル様が思いっきり狼の魔物の頭を拳《こぶし》で殴《なぐ》りつけた。

「……え……？」

一瞬で狼の魔物は粉々になり、跡《あと》には何も残っていなかった。

――な……なんですの……？

衝撃波《しょうげきは》みたいな攻撃《こうげき》を繰《く》り出し、圧倒的《あっとうてき》な強さでマリアベル様は魔物と対峙《たいじ》している。

「ルイーゼ殿、大丈夫だろうか！　絶対に離《はな》れないでくれ」

そう言って次々に狼の魔物を殲滅《せんめつ》していくマリアベル様が格好良すぎて、私は憧れと共に胸をときめかせた。

――さすが……武闘派ですわ！

足手まといにならないように立ち上がろうとすると、情けないことに腰《こし》が抜《ぬ》けてよろめいてしまう。そんな最悪なタイミングで、マリアベル様の死角から一匹の魔物が私目掛《めが》けて突進してきた。

「ひゃぁぁぁぁ——!!」

『大気よ……爆《は》ぜろ——』

辺り一面が爆風《ばくふう》に包まれる。

この加減のない爆発は——!

「ルイーゼっ!!」

目の前が暗くなり、温《ぬく》もりに包まれる。

「——っ……シルヴィール様……」

駆《か》け付けてきてくれたシルヴィール様に抱きしめられ、ホッとする反面、シルヴィール様の固有魔法《まほう》の『爆破《ばくは》』で辺り一面が黒焦《くろこ》げになっていく様子に思わず息を呑《の》む。

——ああ、また加減されなかったんですわね。

凄《すさ》まじい爆発が立て続けに起こり残りの魔物を殲滅していくが、規模が大きすぎて、爆風が吹き荒《あ》れる。

『お花よ!　出てきて!』

とっさにシュナイザー様が『植物生成』を使い、マリアベル様の周りに大きな花の壁《かべ》を作り爆風から護っていた。

庭は黒焦げであるが、お城はシュナイザー様の植物の壁で守られ、爆風による被害《ひがい》は最小限になっている。さすが兄弟の連携技《れんけいわざ》である。

「マリアベル様！　ご無事ですか⁉」

マリアベル様呼びになってしまうほど焦《あせ》った様子で、シュナイザー様がマリアベル様のもとへ駆け寄った。

「私を……心配してくれているのか……？　ルイーゼ殿じゃなく……？」

「当たり前じゃないっ！　魔物に立ち向かう勇敢《ゆうかん》な姿は格好良かったけれども、あなたに魔物が飛び掛かろうとするところを見て、胸が張《は》り裂《さ》けるほど心配だったわ。ああ、無事で良かったわ。女の子なのに無理して！　怪我《けが》はないかしら⁉」

素で捲《まく》し立てるシュナイザー様に、マリアベル様はポカンとしていた。

「今まで戦闘《せんとう》の場で……心配されることなど、なかった。皆を護るのが私の役目で――」

「じゃあ、私が今度から心配するわっ！　もう絶対に無茶しちゃダメよっ‼」

そう言って、シュナイザー様がマリアベル様を抱きしめた。マリアベル様は驚《おどろ》きすぎて硬直《こうちょく》していたが、顔は真っ赤に染まっていた。

「ご、ごめんなさい。私ったら勢いで。あら、大変！　怪我してるわっ」

シュナイザー様は、マリアベル様の拳をそっとクマさん柄のハンカチで包み込んだ。

「クマたん……可愛い……」

マリアベル様はそのハンカチを見ながらポツリと漏《も》らした。

「……え?」

「……え?」

二人は、ポカンとした表情で見つめ合った。

「あっ、その、クマ柄のハンカチが可愛いと思っただけで、私は決して――」

「そ、そう。私もクマ柄大好きなの。可愛くて」

「……っ!!」

クマ柄のハンカチを通して、二人が通じ合った瞬間だった。

シュナイザー様の乙女な部分が飛び出してしまったが、魔物の処理に夢中で周りは誰《だれ》も気にしていないようで安心する。

――うんうん! いい雰囲気ですわね。

満足して二人を見ていると、

「ルイーゼ、君はこっちだよ……?」

シルヴィール様に連行されてしまった。

「怪我はない?」

シルヴィール様は心配そうに私を覗《のぞ》き込んでくる。

「だ、大丈夫ですわ」

いつもと違って余裕《よゆう》のなさそうなその表情に、とても心配をかけてしまったのだと胸が締め付けられる。

「無事で……良かった」

コツンと額をつけられ、シルヴィール様の綺麗《きれい》な蒼色《あおいろ》の瞳が近くに見える。

そのままゆっくりと唇《くちびる》が重なり、すぐに離れていく。

「ルイーゼ……。心配した」

掠《かす》れたシルヴィール様の声に、今にも泣いてしまいそうなほど切なくなる。

「シルヴィール様……」

「王宮の庭に魔物が現れるなんて、危険な思いをさせてごめんね。もう二度と君が危険に晒《さら》されることがないように、護りを徹底《てってい》させるから。結界も教会に言って強固なものに張り直してもらうよ」

シルヴィール様の周囲の温度が一気に下がったような気がした。

護りの魔法が重ね掛けされた『王家の秘宝《ロイヤル・ブルー・サファイア》』を贈っていただいて、専属護衛まで付けてもらっているのに、更《さら》に私を護るために暴走しそうな気配を感じ取る。

「シルヴィール様、私は大丈夫ですからね？　鍛錬も積んでますし、自己防衛もそれなりにできますから」

「それでも、心配させて。君の恋人《こいびと》として」

「こっ……⁉」

幼少期からの『婚約者《こんやくしゃ》』という関係に慣れきっていて、『恋人』という甘い響きについ変な声を上げてしまった。

「ルイーゼ？」

「は、はい！　心配をおかけしないように精進《しょうじん》します‼」

挙動不審《ふしん》になる私に、シルヴィール様はやっと表情を和《やわ》らげて、クスリと笑いを零した。

その笑顔に見惚《みと》れていると、

「話は変わるけど、ねえ、最近やけに兄上やマリアベル殿と会ってるよね」

甘い空気が一変して、尋問《じんもん》されているような境地に陥《おちい》る。

「一体何をしているのかな？」

「ひぇ……な、何も……」

「私が勘付《かんづ》かないと思った？　君の行動は全て影《ルーク》によって報告を受けている。筒抜《つつぬ》けなんだ。さあ、どうして兄上と温室で密会していたのか、マリアベル殿に必要以上に接近したのか……洗いざらい吐《は》いてもらわないとね」

――ぜ、全部バレてますわぁぁぁ‼

「君が話してくれないなら……そうだね――」

シルヴィール様は楽しそうに微笑みながら、私の耳元に唇を寄せ、そのまま耳たぶに口付けする。

「ひゃっ……」

「耳が弱いんだよね。話してくれないと、もっと――」

「話します!! 待って、全部話しますわぁぁ!!」

妖《あや》しい雰囲気を悟《さと》って瞬時《しゅんじ》に白旗を上げた。

「そ、その……」

「頭の上の文字関係でしょ？ 兄上とマリアベル殿の文字はそんなに問題だった？」

――さ、さすがシルヴィール様。鋭《するど》いですわ!!

言い当てられてしまったが、二人の尊厳に関わる内容を私が勝手に言ってはいけない気がして、慌《あわ》てて口を噤《つぐ》んだ。

「言っておくけど、私は誰にも口外しないし、二人がどのような文字を持っていたとしても、偏見《へんけん》を持ったり、態度を変えたりはしない。ただ、ルイーゼ。君が私の知らないところで予想外の出来事に巻き込まれたり、危険な目に遭《あ》ったりするのを防ぎたいんだ」

真摯《しんし》な言葉に、私はグッと拳を握《にぎ》り締める。

『悪役令嬢（破滅《はめつ》する）』と頭の上に浮かんでいた私に、なんの偏見も持たずに、一緒にこの文字を背負うと言ってくれたシルヴィール様を信用していないわけではない。

でも、本人の許可なく一番知られたくない秘密を教えてしまっていいのか、それが二人のためになるかもしれないとわかっていても、どうしても口を開けなかった。

「まあ、大方、兄上は女性的な面があること、マリアベル殿は以前の君と同じく『悪役令嬢』とでも浮かんでいたのではないかな」

「ふえっ……!?」

的を射すぎたシルヴィール様の言葉に、私は素っ頓《すっとん》きょうな声を上げてしまった。

「それと……マリアベル殿も兄上と同じ性質を持っているのかな。クマ柄の可愛らしいハンカチに好意的な反応をしていたし」

先ほどの二人のやり取りをシルヴィール様も目撃《もくげき》していたようだ。さすがの観察眼にシルヴィール様を欺《あざむ》くのは無理だと悟った。

「どうやら正解のようだね。君と兄上、マリアベル殿の行動を見ていれば推測はできるよ。特に、ルイーゼ。君はわかりやすいからね」

なんということだろう。全部露見《ろけん》したのは大方私のせいみたいだ。そんなに私はわかりやすいのだろうか。ガックリと肩《かた》を落とす私に、シルヴィール様は優雅《ゆうが》に微笑んだ。

「もう隠し事はないかな?」

「は……はい。ありません……。お二人がとってもお似合いだったので、このお見合いが上手くいくようにお手伝いしていました。それと、マリアベル様の『悪役令嬢』の呪縛《じゅばく》を解こうと空回りしてました……」

もう嘘《うそ》をついてもバレてしまっているので、正直に打ち明けた。

「一人で抱えて、大変だっただろう。今度からは私を頼《たよ》ってほしい」

「は、はい！」

怒られると思いきや、優しく頬を撫《な》でられ、赤面してしまう。

「君が全てを曝《さら》け出して、秘密を共有するのは、私だけ」

「は、は……い？」

「こんなに可愛い顔を見せるのも、二人きりになるのも」

唇がそっと重なり合った。

「こんなふうに口付けするのも……ね。――わかった？」

「っ……!!」

溢れ出す王子様オーラに私は一気に沸騰《ふっとう》したように頬に熱が集まる。もしかして、シルヴィール様はシュナイザー様にヤキモチをやいていたりして……。

――い、いや、冷静沈着《ちんちゃく》な完璧《かんぺき》王子のシルヴィール様が、まさか、ですわよね？

「あれ？ 返事は？」

「は、はい!! ですわ!!」

有り得ない妄想《もうそう》を吹き飛ばして返事をすると、そのまま蕩《とろ》けるような瞳に見つめられ、再度心臓が止まりかける。

——し、シルヴィール様は危険ですわ!!

そう再認識《にんしき》したのであった。


「あら、ルイーゼ、赤い顔してどうしたのよ!」

「い……いえ。なんでもないです……」

魔物襲撃事件の後に開かれた温室での作戦会議中、シルヴィール様とのアレコレを思い出して赤面してしまった私に、シュナイザー様のツッコミが入る。

「ルイーゼは私を想うとこのように可愛らしく頬を赤く染めるのですよ。兄上」

「そうなのね——ってシルヴィール!?」

温室のティールームへ入ってきたシルヴィール様は私の隣《となり》の席に腰を下ろし、ニッコリと微笑んだ。その姿を見て、シュナイザー様は驚きの声を上げた。

「そ、その、シルヴィール様に全てバレてしまいました……」

「す、全てとは……」

「兄上の乙女な部分や、ルイーゼと密会していることなど……全てですよ。ルイーゼが言ったのではなく、私が推測した結果です。まあ、魔物が襲撃した時に兄上の乙女な言動を見て察しました。今度からは私もこの作戦会議に交ぜていただきますよ、兄上」

優雅に微笑むシルヴィール様に、寒気を感じるのは私だけだろうか。

「そ、そうよね……。あの時はとっさに乙女な部分が出ちゃったものね。ごめんね、シルヴィール。こんなお兄ちゃんで。それに、あなたの溺愛《できあい》するルイーゼも巻き込んじゃって、本当にごめんなさい……」

「別に、公務をしっかりこなしてくだされば心は乙女でも全く問題ありません。幼い頃、力がまだコントロールできず、私の固有魔法で森を消し炭にした際に、兄上は自身の固有魔法で森を再生してくださいました。それからも、私が何かを壊《こわ》さずにすむように、兄上はずっと助けてくれた。ルイーゼとの婚約も心から応援《おうえん》してくれた。兄上には感謝しかないのです。今までの恩義に報《むく》いるためにも、第二王子として兄上をサポートしていきます。どのような兄上も、私の大事な兄上ですから」

「し、シルヴィール‼」

兄弟愛を垣間見《かいまみ》てしまった。

シュナイザー様はご自身の『植物生成』という固有魔法に自信がない様子だったが、幼い頃からシルヴィール様を救ってくれた素敵な魔法である。シルヴィール様の言葉でシュナイザー様もご自身の固有魔法に自信が持てたのではないだろうか。

それに、お二人が揃えば、矛《ほこ》と盾《たて》のように無敵だと思う。

仲の良いお二人を眺めながら、もっと早くシルヴィール様にも相談すれば良かったと反省した。

うんうんと感動している私に聞こえないように、

「しかし兄上、ルイーゼと二人きりになるのはおやめくださいね」

と絶対零度《れいど》のオーラで、シルヴィール様はシュナイザー様へ圧力をかけていた。

「あ！　そういえばあの後、シュナイザー様とマリアベル様はどうなりましたの？　いい感じでしたわね」

シルヴィール様に連れ去られたので、魔物襲撃事件の後お二人がどうなったのか、凄《すご》く気になっていたのだ。

「魔物が出た時は必死だったから……素も出ちゃったのに、マリアベル様は何も訊《き》かずにいてくれたの。そんな彼女の優しいところとか、正義感が強いところ、格好いいところには元々惹かれていたんだけど、誰かを護るためには自分を顧《かえり》みない無茶なところも放っておけないし、クマさんのハンカチを見る可愛らしい表情も……全部に惹きつけられてならないの」

「そ、それって……」

私の期待を込めた視線に、シュナイザー様の頬が真っ赤に染まった。

「ええ。彼女のことを好きになってしまったみたい」

シュナイザー様の告白に私は飛び上がりそうになる。

出会いは国同士の政略的なお見合いだったかもしれないが、運命的に巡《めぐ》り合えて、恋心《こころ》を抱いた。本当に素敵なことだと思う。

「よ、良かったですわ。シュナイザー様っ」

「ありがとう、ルイーゼ。私、マリアベル様と近付けるようにもっと頑張るわ。お互いの嗜好《しこう》が似通っていることがわかってからは、心の壁が取れたみたいで、今まで以上に、仲良くなれた気がするの。マリアベル様に、婚約者になってほしいって、自分の想いを伝えてみるわ」

つい最近まで、マリアベル様に相応《ふさわ》しくないと落ち込んでいたシュナイザー様は、吹っ切れたように微笑んだ。

「はいっ、頑張ってくださいませ！　もう一度鍛錬が必要であればお付き合いしますわよっ」

「兄上、私も応援しています」

「二人ともありがとう。……鍛錬は遠慮《えんりょ》するわ」

そう言ってシュナイザー様は温室を後にした。

翌日、頬を真っ赤に染めたマリアベル様が私のもとに来て、シュナイザー様に婚約者になってほしいと言われてしまった！　こんな私でいいのだろうか。夢なのではないだろうか⁉︎」

「ルイーゼ殿っ、どうすればよいのだ。シュナイザー様に婚約者になってほしいと言われてしまった！　こんな私でいいのだろうか。夢なのではないだろうか⁉︎」

大混乱なマリアベル様が可愛らしすぎてキュンとする。

「マリアベル様はシュナイザー様をどう思われていますの？」

「素敵な殿方だと思う。優しく、紳士《しんし》的で、王の資質も持っていて、完璧な方だと。それに、こんな私を女の子扱《あつか》いしてくれた。私の可愛いものが好きなことも、笑わずに受け入れてくれて……」

「マリアベル様。自分の心に素直《すなお》になって、答えを出せばいいのですわ」

私の言葉に、マリアベル様はコクリと頷いた。

その後お見合いの日程は無事に終わった。

マリアベル様がシュナイザー様にどのような返事をしたのかはわからないが、最終日になる頃には二人とも甘酸《あまず》っぱい雰囲気を醸《かも》し出していた。

そしてお見合いが終了しマリアベル様が帰国された後、二人の思いを聞き入れ両国で議論した結果——マリアベル様が正式にシュナイザー様の婚約者に決定したことが発表されたのだった。トランス王国が誇るユーズウェル公爵《こうしゃく》家の令嬢との婚約に、誰も異を唱えることはなく、長年悩まされたシュナイザー様の婚約者問題はこうして幕を下ろした。

マリアベル様はナイル王国に慣れるために王立学園へ編入され、王妃《おうひ》教育を受けながら、これから学園で一緒に学べることになった。

二つ年上なので学年は違うが、マリアベル様と学園で過ごせるのはとても嬉しい。

マリアベル様の妹様も一緒に編入され、私達と同じ学年になる予定だ。

何だか楽しみですわね！

私が能天気にそんなことを考えている時に——

「今回の事件、気になるのは、結界が張られている王城に突如魔物が出現して、ルイーゼとマリアベル殿を襲《おそ》ったということね……」

「ええ、兄上。恐らくどちらかを狙った襲撃事件ではないかと」

「そう……。愛《いと》しい者に手を出した代償《だいしょう》は必ず払ってもらわなければね」

そう言って同じような冷たい表情で微笑む兄弟の会話を、私は知らずにいるのだった。

第三章　悪役令嬢、復活する!?

「今日から王立学園に編入することになった。ルイーゼ殿《どの》が同じ学園で心強いよ。よろしく頼《たの》む」

目の前に立ち颯爽《さっそう》とした挨拶《あいさつ》をする長身の美女、マリアベル様は、私と同じ制服に身を包んでいた。

――素敵《すてき》ですわ……未来のお義姉様《ねえさま》！

つい先日のお見合いでナイル王国の王太子であるシュナイザー様とのご婚約《こんやく》が決まった、トランス王国の公爵令嬢《こうしゃくれいじょう》であるマリアベル様の頭の上には、『武闘《ぶとう》派の悪役令嬢（可愛《かわい》いもの愛好家）』が変わらず浮《う》かんでいた。

「ルイーゼ殿と同じクラスに編入することになった、我が妹のクラリス・ユーズウェルだ。心配な妹だが……仲良くしてくれると嬉《うれ》しい」

そう言ってマリアベル様の妹であるクラリス・ユーズウェル様を紹介《しょうかい》される。

――可愛らしい……なんて守ってあげたくなる方なのかしら……。

クラリス・ユーズウェル様は、肩《かた》までのふんわりとした空色の髪《かみ》に、くりくりとした大

『主人公
悪役令嬢の妹（ドジっ子）』
『悪役令嬢
（破滅する）』

きな空色の瞳《ひとみ》。小動物のような小柄《こがら》で愛くるしい姿に、つい庇護《ひご》欲が湧《わ》いてしまう方だ。

「ルイーゼ・ジュノバンですわ。どうぞ、ルイーゼと呼んでください。慣れない異国で大変だと思いますが、同じクラスの仲間同士、仲良くしてくださいませね」

挨拶をしながら微笑《ほほえ》むと、クラリス・ユーズウェル様もぺこりとお辞儀《じぎ》する。

「クラリス・ユーズウェルです。どうぞ、クラリスとお呼びください」

可愛らしいクラリス様を見ていると、クールなお姉様マリアベル様と正反対すぎて、お二人が本当に姉妹《しまい》なのか不思議に思うくらいだ。それに……。

クラリス様の頭の上には『主人公　悪役令嬢の妹（ドジっ子）』が浮かんでいた。

なんだか嫌《いや》な予感がして、恐《おそ》る恐る確認《かくにん》してみると、私の頭の上には再び『悪役令嬢（破滅《はめつ》する）』が浮かんでいた。

——なんで振《ふ》り出《だ》しに戻《もど》りましたの⁉　……まあでも、どうでもよくなってきました……今度クラリス様とお出かけしたいですわ……。ああ可愛い。

私の頭が何故《なぜ》かぼんやりしてきている一方。

「……あ、思い出したわ！　セカンドステージは、第一部の設定そのままで、悪役令嬢のマリアベル、その妹が追加され、王太子や新キャラなどの攻略《こうりゃく》対象を巡《めぐ》って繰《く》り広《ひろ》げられる混沌《カオス》なストーリーだったわ！　って、マリアベルと妹が編入してきちゃったじゃない！　嫌《いや》あ〜〜〜」

ピクセルが学園の隅《すみ》で密《ひそ》かに叫《さけ》んでいた。

「トランス王国から参りました、クラリス・ユーズウェルと申します。どうぞよろしくお願いいたします」

私と同じクラスへ編入してきたクラリス様は、教室の壇上《だんじょう》で緊張《きんちょう》した様子で可愛らしく挨拶を行う。シュナイザー様の婚約者の妹であるクラリス様を皆《みな》は興味津々《きょうみしんしん》に見つめていた。その視線に益々《ますます》緊張したのか、クラリス様は壇上から降りた際に何もないところで足をもつれさせてしまった。

「きゃあっ！」

ペシャリと床《ゆか》に転んでしまったクラリス様を助けなければと駆《か》け寄《よ》ろうとすると、スッと私より先にクラリス様に手を差《さ》し伸《の》べる存在がいた。

「大丈夫《だいじょうぶ》ですか。お怪我《けが》はしていませんか？」

「……っ！　は、はい。お恥《は》ずかしい姿をお見せしてすみません」

「どうぞ、手を――」

洗練された所作でクラリス様を助け起こしたのは、シルヴィール様の側近であるルシフォル・エルナーデ様だった。

「ありがとうございます」

頬《ほお》を染めながらお礼を言うクラリス様の可愛らしさにクラス中が釘付《くぎづ》けになっている。

休み時間には、クラリス様の周りに人だかりができていた。

「クラリス嬢、何か困ったことがあれば、いつでもおっしゃってくださいね」

「はいっ。心強いです。ありがとうございます」

「……学食も……案内しよう。お勧《すす》めのデザートがある……」

「俺が放課後に街を案内してやろうか？」

シルヴィール様の側近である、ルシフォル様を始め、ジョルゼ・リーデハット様、ダルク・メルディス様もクラリス様を取り囲んで楽しそうに話している。

――皆さんとおしゃべりするクラリス様、とっても可愛らしいですわ。

「クラリス様って、なんて愛らしいのでしょうか。仲良くなりたいですわ」

「お姉様に付《つ》き添《そ》って他国へ留学されるなんて、お姉様思いの心優《やさ》しい方なのですわね。寂《さび》しい思いをさせないように、是非《ぜひ》とも守って差し上げたいわ」

貴族令嬢達も、クラリス様のことを好意的に受け入れているようだ。男女問わずクラリス様は大人気である。

それから、クラリス様はあっという間にクラスに溶《と》け込み、楽しそうに学園生活を送っていた。

彼女を見るだけで癒《いや》され、守ってあげたくなる気持ちは日に日に増していく。気が付けば、クラリス様を目で追いかけ、クラリス様のことで頭がいっぱいになっている。なんて幸せな時間なのだろう。

「あら？　ピクセル、教室にも入らずどうしたのですか」

廊下《ろうか》の物陰《ものかげ》からこちらを窺《うかが》う怪《あや》しいピクセルに声をかけると、吃驚《びっくり》したように肩を揺《ゆ》らした。

「気付かれたっ。私のことは放っておいて。しばらく保健室登校にするから、絶対に巻き込まないでね」

「そうですか。わかりましたわ」

ピューッと走り去ったピクセルを不思議に思いながらも、次の瞬間《しゅんかん》には頭の中は可愛いクラリス様のことでいっぱいになる。今度歓迎会《かんげいかい》を催《もよお》すのはどうだろうか。シルヴィール様にも相談してみよう。きっと喜んで協力してくれるはずだ。

丁度教室に入ってきたシルヴィール様は、クラリス様を取り囲んでいるクラスメイト達を見て、表情を曇《くも》らせた。仲間に入りたいのだろうか。そうに違《ちが》いない。

「シルヴィール様。私と一緒《いっしょ》に、あちらの輪に入りませんか？　そうだ！　今度クラリス様の歓迎会を催すのはどうかと思いましたの。シルヴィール様とクラリス様が仲良くなるきっかけになりますわ」

「ルイーゼ。君は私と他の令嬢が仲を深めてもいいの？」

「……クラリス様ならば仕方ないですわ。慣れない異国で心細いでしょうし。クラリス様を皆で守ってあげなければ……」

一緒に輪に入ろうとしたのに、シルヴィール様は私の手を引き、教室から抜《ぬ》け出した。そして、裏庭のガゼボまで連れてこられた。

「シルヴィール様？　早く教室に戻りましょう。クラリス様が心配ですわ……」

「ルイーゼ。君に贈《おく》り物《もの》があるんだ」

私の言葉を遮《さえぎ》って、シルヴィール様は小ぶりの宝石が嵌《は》め込まれたシンプルな作りの細い金のブレスレットを取り出した。

私の手を取り、そっとそのブレスレットを嵌めてくれた。その瞬間――ボーッとしていた頭の中が、スッキリと澄《す》みきった感覚に目を見開く。

「あ……ら……？　私、どうして……」

「ルイーゼ。大丈夫かい？」

「なんだか頭のモヤが晴れてスッキリしましたわ」

「それは良かった。ブレスレットも良く似合っているね。これは、ルイーゼを護《まも》ってくれるものだから、決して外さないでね」

綺麗《きれい》な顔で微笑むシルヴィール様から「絶対に外すなよ」という圧を感じる。とってもなく高級な香りが漂《ただよ》うブレスレットであるが、外さない方が身のためだろう。

「わ、わかりました。決して外しませんわ。ありがとうございます……って……!?」

お礼を言いながらシルヴィール様を見上げた瞬間、私は何とも言えない声を上げてしまった。そんな私を心配そうに覗《のぞ》き込んでくるシルヴィール様の頭の上には――

『攻略対象　第二王子（腹黒い）』と浮かんでいた。

『攻略対象』とは要注意人物、もしくは変態についている表示である。最近頭がボーッとしていたから頭上の文字を気にすることもなかった。

私の文字はマリアベル様達が編入された時に『悪役令嬢（破滅する）』に変わったとなんとなく覚えているけれども、一体いつからシルヴィール様の文字が変わってしまっていたのだろう。

破滅する未来は回避《かいひ》できたと思っていたのに……マリアベル様とクラリス様がこの学園に編入してこられてから、全てが振り出しに戻ってしまったような気がする。

なんだかキツネにつままれたような感じだ。

――い、いいえ、諦《あきら》めませんわ。

善行令嬢に、善行令嬢に戻ってみせますわ！

「ルイーゼ、盛り上がっているところ悪いけど、私にもわかるように説明してくれるかな？」

「はっ！　すみません。大変ですわ、シルヴィール様。頭の上の文字が戻ってしまっています。私はまた『悪役令嬢（破滅する）』になって、シルヴィール様は『攻略対象　第二王子（腹黒い）』になっています！」

「なるほど……。クラスメイト達のものも確認した方が良さそうだね」

シルヴィール様の言葉に、私はコクリと頷《うなず》き、教室へと引き返すのだった。

教室ではクラリス様を中心に人の輪ができており、少しクラリス様が躓《つまず》いただけでも、皆が慌《あわ》てて駆け寄り、「クラリス嬢は私達が守りますっ！」と謎《なぞ》の結束が成されていて、異様な空気になっていた。

観察を続けると、何故かクラリス様は何もないところでよく躓いている。誰《だれ》かが守ってあげるよりも、体幹バランスを鍛《きた》えた方が良《い》いのではと、鍛錬《たんれん》心がウズウズしてしまう。

それに加え、クラリス様は婚約者のいる男性や、身分に拘《かか》わらず色々な男性とも楽しそうに話しており、その距離《きょり》の近さにギョッとする。いくら外国の方でも、これはあまり良くないのでは。

令嬢達もその輪に加わって楽しそうにしているので、今のところ騒動《そうどう》は起こりそうもないが、心配で胃がキリキリしてくる。

何だか……ピクセルとの最初の頃《ころ》のやり取りを思い出させる光景に、頭痛までしてくる気がする。ピクセル同様やんわりと注意した方が良いのだろうか。

「これは、まずい状況《じょうきょう》ですわね」

「君も先ほどまではあの輪に加わっていたのだけどね。もうクラリス嬢を守りたいとは思わない？」

「そうなのですか⁉ 今は全くそうは思いませんわ」

シルヴィール様から頂いたブレスレットをつけていると、何故かクラリス様のことを可愛いとか守ってあげたいとか思わなくなっていた。

「良かった。ブレスレットの効果があったようだね。クラスメイトの文字は変わっている？」

「今確認してみますわ」

皆の文字を確認しようとすると、クラリス様をボーッと見つめていた女生徒とぶつかってしまった。

「ごめんなさい。お怪我はありませんか？」

よろめき座り込んでしまった彼女に手を差し出し、立ち上がるのを手助けする。顔を上げた女生徒はよく見知った顔で、目が合うと虚《うつ》ろな瞳がはっきりと見開かれた。

「あら……。私どうしたのかしら」

「ルナリア様、大丈夫ですか？」

「はい、大丈夫ですわ。って……ルイーゼ様、あの編入生、殿方《とのがた》に気安く接しすぎではないでしょうか。いくら王太子殿下《でんか》のご婚約者の妹君といえども、目に余りますわ。私が注意してまいりましょうか」

ルナリア・フォレスター様は、私が学園に創設した鍛錬部の部員であり、友人兼《けん》鍛錬仲間だ。彼女の頭の上には――『悪役令嬢の取り巻きその①（破滅する）』が浮かんでいた。

――ま、まずいですわ……ルナリア様も『悪役令嬢』の仲間に戻ってしまっていますわ!!

ルナリア様は拉致《らち》・監禁《かんきん》事件の後には『モブ』に頭上の文字が変化していた。『モブ』とは『問題を起こさない優良物件』だと推測している。とっても素敵な文字だったのに……ルナリア様まで以前と同じ悪役令嬢仲間になってしまい残念でならない。

「ルナリア様、ご心配をありがとうございます。この一件はひとまず私に任せてくださいませ。それよりも、ジュリア様にお送りする鍛錬メニューと差し入れを考えましょう」

「……わかりましたわ。ルイーゼ様にお任せします。では、私は鍛錬メニューをまとめに図書館へ行ってまいります！　また鍛錬部で打ち合わせいたしましょう!!」

悪役っぽい空気を吹《ふ》き飛《と》ばすかのように、ニッコリと微笑みながらルナリア様は颯爽と去って行った。

ジュリア・レインデス様は『悪役令嬢の取り巻きその②（寝返《ねがえ》るが破滅する）』を浮かべていた友人だが、寝返ったり、色々あったりして今は修道院へ入り、罪を償《つぐな》っている。鍛錬部のメンバーでもあり、ルナリア様と一緒に今でも鍛錬メニューを送り、場所は違えど共に鍛錬する仲間なのだ。最後に面会に行った時には『罪を償うモブ』と浮かんでいたが……。今も平和な『モブ』であることを祈《いの》るばかりだ。

「ルイーゼ、彼女は……」

「はい。ルナリア様も『悪役令嬢の取り巻きその①（破滅する）』に戻っていますわ」

私の言葉に、シルヴィール様は何かを考え込んでいる様子だった。

「私は一旦《いったん》王宮へ戻り、兄上に報告しに行かなければ」

「私はもう少し様子を探《さぐ》ってみますわ」

「……無茶はしないようにね。何かあったらすぐに連絡《れんらく》を寄こすようにしてね」

「わかりましたわ！　お任せくださいっ」

意気込む私を心配そうに見つめながら、シルヴィール様は王宮へと戻った。

クラスメイト達の様子を観察するが、私とルナリア様以外は皆クラリス様に夢中で、異様な状態が続いたまま放課後になってしまった。

どうしたものかと頭を悩《なや》ませていると、一人で歩く紅《あか》い髪の男性が目に入った。

――あれはダルク様？

ダルク・メルディス様は騎士《きし》団長のご子息で、燃えるような紅い髪を持ち、筋肉マッチョな男気溢《あふ》れる、シルヴィール様の幼馴染《おさななじ》みで側近の一人だ。

彼の頭の上には『攻略対象　騎士団長の息子《むすこ》（猫耳《ねこみみ》に弱い）』と、なんとも変態の香りがする文字が浮かんでいる。

意味はわからないが、恐らく変態に付属すると推測される『攻略対象』の文字。入学当初からダルク様を含《ふく》むシルヴィール様の側近の方々の頭の上に浮かんでいたが、色々な事件を乗《の》り越《こ》え、私の『悪役令嬢（破滅する）』の文字が変わった時と同時期にシルヴィール様やダルク様達の『攻略対象』の文字も消えたのだ。

そして、また『悪役令嬢（破滅する）』の文字が復活したら……シルヴィール様だけではなく、ダルク様にも『攻略対象』の文字が復活してしまった。

ダルク様は、鍛錬部の特別顧問《こもん》でもある。筋肉と鍛錬をこよなく愛する同志として、仲良くさせてもらっている。『攻略対象』が変態の総称《そうしょう》ならば、もう一度その文字を消せるようにお手伝いしたい。

――一緒に『悪役令嬢』からも『攻略対象』からも逃《のが》れましょうね!!

そう意気込みながらダルク様を見つめていると、クラリス様がダルク様へ駆け寄り、二人が仲良く腕《うで》を組みながら裏庭の方に歩いていくのが見えた。

ダルク様は、硬派《こうは》で誰かと馴れ合うのは好まなかったはず。いつものぶっきらぼうな表情ではなく、デレデレした表情が見て取れた。

様子が違うダルク様が心配になりこっそり後をつけると、裏庭で近距離で見つめ合っているダルク様とクラリス様がいた。

「ダルク様……、ゆっくり私の目を見てね」

そう微笑むクラリス様に底知れない不気味さを感じた。

ダルク様は惹《ひ》きつけられるようにクラリス様を見つめている。

「ダルク様――私のこと、どう思いますか？」

ゆっくりとダルク様に語りかけるクラリス様。クラスで無邪気《むじゃき》に笑っている表情とは打って変わって、くらりとするような色っぽい声色《こわいろ》に吃驚してしまう。

ダルク様はクラリス様の瞳を覗き込みながら、虚ろな表情へと変わっていく。

見てはいけないものを見ているような、異様な雰囲気《ふんいき》に私は息を呑《の》んだ。

「ね……――ね……こ……み……――」

ダルク様がポツリと呟《つぶや》き、そのままクラリス様に近付き、クラリス様の肩をガシっと摑《つか》んだ。

そして、心の底から――

「猫耳をつけてくれ――っ!!」

そう叫び出した。

――えええええ⁉　だ、ダルク様、い、今、猫耳と叫びました⁉

「――――っ⁉」

クラリス様は驚《おどろ》きのあまり、叫びにならない悲鳴を上げて後退《あとずさ》る。

「絶対似合うよ――っ！　猫耳――っ‼」

しかし、ダルク様は逃《に》がさんとばかりにクラリス様に詰《つ》め寄った。猫耳という雄《お》たけびが裏庭に木霊《こだま》し、追《お》い詰められているクラリス様は、半泣きである。

――ど、どうしてですの⁉　ダルク様！

いつもは猫耳好きをあんなに必死で隠《かく》しているのに！

「わ――んっ‼　助けてくださーいっっ‼」

クラリス様が必死の形相で走り出し、ダルク様は「猫耳をつけてくれ――っ」と叫びながら何かに取り憑《つ》かれたかのようにクラリス様を追いかけ始めた。目の前で猫耳をつけるかつけないかの修羅場《しゅらば》が繰り広げられている。

まずいのではないだろうか。このままクラリス様が人目の多いところに逃げれば、ダルク様の猫耳好きが皆に発覚してしまうのでは⁉

「待ってくださいませっ‼」

私はとっさにダルク様の前に飛び出て、両手を広げた。

虚ろな目をしたダルク様は、猫耳への愛で我を忘れているように見えた。

『いいですか、ルイーゼ様。もしも味方が我を忘れてしまったら、その対処をお教えします』

私の脳裏《のうり》に護衛騎士のタニアに言われたことが蘇《よみがえ》った。

タニア・マーズレンはシルヴィール様がジュノバン伯爵《はくしゃく》家へ派遣《はけん》した王宮近衛《このえ》騎士で、私の専属護衛騎士である。幼い頃から、共に鍛錬を重ね、タニアからあらゆる危険への対応を学んでいた。

『――力の限り、思いっきり、その者の頰を張り倒《たお》すのですっ‼』

――タニア、感謝いたしますわ。今が練習を重ねた張り手を使う時ですのね！

「ダルク様！　猫耳はいけませんわ‼」

私は右手を振り上げて、思いっきり力を込《こ》めて頰を張《は》り倒した。

バチーンという大きな音と共に、シルヴィール様から頂いたブレスレットもダルク様にぶつかり、余計に痛そうなことになった。心配していると、ダルク様の目の焦点《しょうてん》が段々と合ってくる。

「あ……あれ……？　ルイーゼ嬢？　俺は何を……」

「ああ、良かったですわ、ダルク様！　戻りましたのね！」

正常に戻ったダルク様を見てホッと胸を撫《な》で下《お》ろす。何やら先ほどまでの記憶《きおく》もないようだ。

「な、何があったんだ？」

「大変でしたのよ！『猫耳をつけてくれ』と叫びながらクラリス様を追いかけて……」

「ねこみ――――っ!!」

瞬時《しゅんじ》に真っ青になったダルク様の様子から、自分の意思で猫耳騒動を起こしていたのではないと推測できる。

「安心してくださいませ！　我を忘れているようでしたので、タニア直伝の張り手を使わせていただきました。裏庭ですので、誰にも露見《ろけん》していないと思いますわ」

「お、恩に着る。ルイーゼ嬢。この尋常《じんじょう》じゃない頬の痛みは……そういうことか……」

さすがタニア直伝の張り手である。ダルク様の頬は真っ赤に腫《は》れあがっていて、少し申し訳ないような気もするが、緊急《きんきゅう》事態だったし、大目に見てもらおう。

「それにしても……俺は鍛錬場へ行く途中《とちゅう》だったんだ。何故俺はユーズウェル嬢と裏庭に――しかも猫み……いや、絶対に口に出さないことまで叫んでたんだ……？」

「やはり記憶がないのですね。まるで操《あやつ》られているかのようでしたわ」

「っ……、操られるなど精神が未熟な証拠《しょうこ》だ。情けない。俺もまだまだ鍛錬が足りないな。今から己《おのれ》を律するために……鍛錬してくる。悪いなルイーゼ嬢。この借りはいつか返すからなっ!!」

そう言ってダルク様は風のごとく鍛錬場の方へ姿を消した。

裏庭にポツンと一人になる。クラリス様も騒《さわ》ぎに乗じてどこかへ行ってしまったようだ。

人を操ると聞くと、以前シルヴィール様にかけられた精神操作の魔法《まほう》を思い出す。

もしも、クラリス様が精神操作の魔法を使えるとしたら、ダルク様は……クラリス様に何か魔法をかけられていた——？

クラリス様に対して新たな疑念が生まれるのであった。


「ルイーゼ。どういうことかな？」

「ひっ——」

先ほどの一件を考えていると、王宮から戻り私を捜《さが》していたらしいシルヴィール様に出くわした。そして流れるように裏庭のガゼボに連行されたのだった。

有無《うむ》を言わせず膝《ひざ》の上に乗せられ、そのまま、シルヴィール様は私の手を取った。

「こんなに手が腫れている。私がいない間に、何があったのかな？」

「……っ！　そ、その、ちょっとやむを得ない事情で……ダルク様の頬を、思いっきり張り倒しまして」

私の言葉に、シルヴィール様の背後にブリザードが吹き荒《あ》れているような不穏《ふおん》な雰囲気を感じた。

——お、怒《おこ》ってらっしゃる⁉

「また、面倒《めんどう》なことに巻き込まれているようだね」

「ふ、不可抗力《ふかこうりょく》ですわ‼」

「無茶なことはしないと約束したことは覚えている？　全く君は……」

目を伏《ふ》せたシルヴィール様は、私の手に優しく触《ふ》れ、自身のハンカチを巻いてくれた。

鍛錬の最中に、手が腫れるなんて何度もあったけれども、ここまで心配して労《いた》わってもらうと、申し訳なく思ってしまう。

「ごめんなさい。シルヴィール様」

「後で王宮の医務官に診《み》てもらえるように手配しておくからね。ダルクには生まれてきたことを後悔《こうかい》させるくらい、キツイ罰《ばつ》を——」

「わ——っ‼　待って、待ってください。冷やしておけば治りますから！　それにダルク様は悪くないですわ。ぜ、全部お話ししますから、待って——‼」

今すぐにでもダルク様を罰《ばっ》しようとしに行かれてしまいそうなシルヴィール様を必死に止め、あらましを説明する。

「——なるほどね。クラスメイト達のことに加え、これは慎重《しんちょう》に調べる必要があるね。

下手したらナイル王国とトランス王国の国同士の問題に発展しかねない。この件は一旦私が預からせてもらっていいかな」

「は、はい。わかりましたわ」

シルヴィール様の真剣《しんけん》な様子に、やはりただの猫耳事件ではないと悟《さと》った。もしもクラリス様が精神操作の魔法を使ってこの国の第二王子であるシルヴィール様の側近を操ろうとしていたとなれば、トランス王国の敵対行為《こうい》とみなされてマリアベル様とシュナイザー様の婚約が取り消されるどころか、戦争に繋《つな》がりかねない。

——せっかく、理想の人に巡り会えたマリアベル様とシュナイザー様が引き裂《ひさ》かれてしまうなんて、そんなの駄目《だめ》ですわ。

私もできる限り、情報を集めてシルヴィール様のお役に立たなければ。

「ルイーゼ？　わかっていると思うけど、危険なことはしないよね？」

「はい‼　任せてくださいませ」

「………………」

私を疑っているようなシルヴィール様の視線が突き刺《つさ》さるのは、気のせいだろうか。

「はぁ……君から目が離《はな》せそうもないな……」

「えっ⁉」

「ルイーゼ。君に何かあったら、真っ先に心配するのは私だと覚えておいて」

「シルヴィール様……」

海のような蒼《あお》い瞳が私を心配そうに見つめている。その眼差《まなざ》しにドキリと胸が高鳴った。

私はシルヴィール様にとっての『特別』なのだと自覚してしまって、ジワジワと心が温かくなる。

「はい。シルヴィール様。危険なことはしませんわ」

「――信じているよ。そうだな、今度自ら危険に首を突っ込むようなことがあれば……私に『好き』だと言ってルイーゼの方から口付けしてもらおうかな」

「はえっ⁉」

突然閃《とつぜんひらめ》いたように提案された内容に私は素《す》っ頓《とん》きょうな声を上げてしまった。

――な、なんなのですの⁉　その破廉恥《はれんち》行為は‼

「君は中々想《おも》いを口に出してくれない照れ屋なようだから、いい案だと思わない？」

「っ……‼　で、でも――」

――淑女《しゅくじょ》として、殿方に自ら迫《せま》るようなことは、ご法度《はっと》では⁉

『好き』と想っていても、口に出すのは物凄《ものすご》く恥ずかしいことだし、その上、私から口付けするなど、想像するだけでも全身が沸騰《ふっとう》しそうなくらい熱くなる。

まさか、以前に不意打ちで頬に口付けしたのを根に持っていますの⁉

「危険ことをしなければいいんだよ。――ね？」

「……は、はい。わ、わかりましたわ」

圧に負けた瞬間だった。


「クラリスが、魔法を使えるか……？」

マリアベル様は指立て伏せを中断してこちらに向き直る。筋肉と体幹バランスが最高レベルでつい見惚《みと》れてしまう。

放課後マリアベル様を鍛錬部へと誘《さそ》って、裏庭で鍛錬を行いながら、他の部員が外周へ向かい、二人きりになったところでクラリス様のことを訊《き》いてみたのだ。

「あの子は、魔法も体術もからっきしだったはずだが……」

「そ……そうなのですのね」

――魔法は使えない……？

だったらダルク様を操っているかのように見えたのは魔法の力ではない？

「もう少し詳《くわ》しくクラリス様のことをお訊きしても？」

「ああ。構わない。まあ、不甲斐《ふがい》ない話だが、ここ最近妹とはあまり仲が良好ではなくてな。知っている限りのことしか話せないが……。クラリスが今のように変わったのは、ここ数年のことなんだ。以前は泣き虫でドジで運が悪いが、その馬鹿さ加減が可愛い妹だった」

——マリアベル様、……それは褒《ほ》めているつもりかもですが、全く褒めていませんわ。

「しかしいつの日か、クラリスは我《わ》が儘《まま》を言い出したり、男女構わず奔放《ほんぽう》に振る舞《ま》うようになったりして。自分に自信がなくていつもビクビクしているようなか弱い子だったのに、ある日突然……変わってしまったんだ」

クラスで見かけるクラリス様も、誰彼構わず積極的に話しかけ、婚約者がいらっしゃる方にも気にせず振る舞われている様子だった。でも、それは昔からの性格ではない——？

マリアベル様は指立て伏せを、私は反復横跳《よこと》びをしながらクラリス様について思いを巡らせた。

「何か……クラリス様が変わってしまったきっかけがあったのでしょうか」

「わからないんだ。姉として、根性《こんじょう》を叩《たた》き直《なお》してやろうとしたのだが、上手《うま》くいかなくてこじれるばかりで。今回も疎《うと》ましく思っているだろう私の留学に、何故ついてきたがったのか——」

根性を叩き直すとは……？

マリアベル様の拳《こぶし》の強さは、魔物《まもの》に襲《おそ》われた時に拝見済みであるので、とんでもない想像が膨らんでいく。そんな私にマリアベル様はクスリと笑いを零《こぼ》した。

「ルイーゼ殿は……、クラリスに会っても変わらないのだな」

ぽつりとマリアベル様が言う。

私が足を止めてマリアベル様を見つめると、彼女は少し複雑そうに微笑んでいた。

「いつだって、気が付けば皆がクラリスの味方になってしまうんだ。私は、姉として厳しく振る舞うのは間違《まちが》っているとは思わない。けれど、妹が誤った道を進まぬように私が正さなくてはと必死になればなるだけ……『酷《ひど》い姉だ』と非難され、私は孤独《こどく》になった」

「マリアベル様……」

正義感の強いマリアベル様は、姉としてクラリス様に厳しくしていたのだろう。

「ユーズウェル家の長女として、妹を放ってはおけないし、誰にも文句など言われないよう完璧《かんぺき》な強さを求めて鍛錬ばかりして……いつの間にか反動で可愛いものに癒しを求めるようになったんだ。自分には似合わないとわかってはいるんだが」

「い、いいえ、意外性というものも大事ですわよ！」

シュナイザー様ともお似合いの素敵な趣味《しゅみ》だし、それに、変態とか、猫耳に弱いとか腹黒いとか……危険な香りがする文字に比べれば良い趣味だと思う。

「クラリス様は……確かに心配ですわ。何か大事になる前に手が打てればいいのですが」

「妹の行動は予測不可能だからな……」

二人で大きなため息を吐《つ》き、クラリス様を思っていると、

「きゃ――っ！」

という女性の叫び声が聞こえ、私とマリアベル様は顔を見合わせる。

「様子を見てくる！」

マリアベル様は即座《そくざ》に駆け出して行ってしまった。

――嫌な……嫌な予感がしますわ。

私はマリアベル様の後を追いかけた。


――こ……これは一体、どういう状況なのでしょうか。

女性の叫び声がして、マリアベル様と駆け付けてみると、人気のない裏庭で、涙目《なみだめ》で怯《おび》えるクラリス様と……蜂蜜《はちみつ》の壺《つぼ》を抱《かか》えたジョルゼ・リーデハット様がいた。

「蜂蜜を……蜂蜜を食べてくれ――！」

『攻略対象　公爵家嫡男《ちゃくなん》（蜂蜜大好き）』の文字が頭の上に浮かぶジョルゼ様は、朦朧《もうろう》とした目をしてクラリス様へ迫っていた。

ジョルゼ様は、ダルク様と同じくシルヴィール様の側近の一人である。黒髪《くろかみ》に黒曜石のような瞳の持ち主で、常に冷静沈着《ちんちゃく》。陰《かげ》では『氷の貴公子』と呼ばれるほどご令嬢人気も高い方だ。

ダルク様同様、入学当初から『攻略対象』の文字を浮かべていたが、拉致・監禁事件の後は『公爵家嫡男（蜂蜜大好き）』に変化していたはずだった。けれども、ダルク様と同じようにジョルゼ様の『攻略対象』の文字も復活している。

ジョルゼ様とは、蜂蜜を通じて密かな友情を育み、蜂蜜パーティーも行った仲である。

そんな彼は、気持ちを露《あら》わにすることは少ないし、蜂蜜好きも隠し、珈琲《コーヒー》を飲み豆菓子《がし》を食べているような、奥ゆかしい方だったのに。

「蜂蜜を食べて、美味《おい》しいねって微笑んでくれっ‼」

蜂蜜が大好きなことを隠す素振《そぶ》りもなく、鬼気《きき》迫る様子で、蜂蜜の壺を抱えクラリス様を追いかけていた。（あの蜂蜜壺は自ら養蜂《ようほう》されているジョルゼ様秘伝の蜂蜜壺では⁉）

――これはマズイ状況ですわ！

ジョルゼ様の維持《いじ》してきたクールな『氷の貴公子』のイメージが壊《こわ》れてしまう。

どうしたら良いのかと右往左往していると、隣《となり》にいたマリアベル様がスッと前に出た。

「クラリス――」

マリアベル様が毅然《きぜん》とした態度で二人に近寄る。姉としてクラリス様を助けるのだろうか。さすがマリアベル様である。

「蜂蜜くらい食べてやったらどうだ！　ユーズウェル家の次女として、情けないぞ‼」

ジョルゼ様に加担してどうするんですの⁉　マリアベル様！

「お、お姉様、だって……怖《こわ》いじゃないですかっ。助けてくださいぃー！」

半泣きのクラリス様が少し可哀想《かわいそう》に思えてくる。

それにしても……ジョルゼ様の豹変《ひょうへん》具合は、どこかで似た様子を見たような。

——そうですわ。ダルク様の時と……同じですわ!!

クラリス様と一緒にいると……普段《ふだん》隠している変態な部分が溢れ出し、暴走してしまっている——?

ジョルゼ様もダルク様同様に、正気を失っているに違いない。やはりタニア直伝の張り手を繰り出す時なのだろうか⁉

張り手の準備をしていると、マリアベル様がジョルゼ様の横に立ち、カッと目を見開き、クラリス様と向き合った。

「蜂蜜を食べて微笑んでやれっ！　クラリス!!　これがナイル王国特有の挨拶なのかもしれんぞ！」

マリアベル様の凛々《りり》しい声が裏庭に響《ひび》き渡《わた》った。

まさかのマリアベル様がジョルゼ様側について、ジョルゼ様と一緒にクラリス様を追い詰め出すという、新たな修羅場が生まれてしまった。

——ま、マリアベル様、話をややこしくしていますわ！

迫りくる蜂蜜の壺を抱えたジョルゼ様と、全く味方をしない実の姉に心が折れたのか、クラリス様は泣き出してしまった。

「うわ——ん！　こんなはずじゃなかったのに——！」

「人前で無暗《むやみ》に泣くんじゃない！　仕方ない、私では力不足かもしれぬが、蜂蜜を美味しく頂こう！」

そう言ってジョルゼ様の前に出たマリアベル様を、大量の花が包み込んだ。

——こ……このお花は——！

「私の婚約者に何か用かな……？」

マリアベル様とジョルゼ様との間に割って入ったのは、『攻略対象　王太子（心は乙女《おとめ》）』の文字を頭の上に浮かべたシュナイザー様だった。

——ああ、シュナイザー様まで、呪《のろ》いの『攻略対象』が付いてしまっていますわ！

綺麗な顔で微笑みながら、シュナイザー様は指をパチンと鳴らす。

すると、ジョルゼ様の前に大きな花が咲《さ》き、その香りを嗅《か》ぐとジョルゼ様は気を失うように倒れ込んだ。

「うわ——ん！　怖かったですぅ」

甘えた声を上げて、クラリス様はシュナイザー様に駆け寄ろうとする。

それを華麗《かれい》に避《よ》けて、自分の傍《そば》に来てくれたシュナイザー様にマリアベル様は頬を染めた。

「マリアベル殿、無事で良かったよ」

「シュナイザー様」

甘酸《あまず》っぱい雰囲気を醸《かも》し出している二人の背後では、蜂蜜の壺を抱え、お花に囲まれて気を失うジョルゼ様と、わんわんと泣いているクラリス様の間にいる私——の構図になっていた。

——この状態、どうしたら良いんですの⁉

「る、ルーク！　いるんでしょう？　出てきてくださらないっ⁉」

大声で叫ぶと、物陰からすっと黒装束《くろしょうぞく》の男が現れる。

ルークは、ナイル王国に敵対する組織に雇《やと》われた暗殺者だったのだけれども、味方に引き入れ、今は王家の影《かげ》として仕えている。学園内ではこっそり私とシルヴィール様を護ってくれているのだ。

「あーあ、知らない振りしようとしてたのにー」

「美味しいフルーツパイを後で手配しますわ！　ジョルゼ様をどうにかしてちょうだい！」

そう言ってルークを見ると、頭の上に『攻略対象　王家の影（フルーツパイが大好き）』の文字が浮かんでいた。

「……っ！」

——る、ルークにまで『攻略対象』が付いていますわ。以前まで『王家の影（フルーツパイが大好き〕』が浮かんでいましたのに。

「ま、まあ、それなら仕方ないですねー」

いそいそとジョルゼ様を回収してくれるルークに、私は神妙《しんみょう》な顔をして助言する。

「ルーク、心を強く持つのですよ」

「え……何？　俺また何かに巻き込まれてるー!?」

経験上、この呪いの『攻略対象』の文字を持つと『変態物語』に強制的に巻き込まれるとわかっている。

私はルークの今後を憂《うれ》いながら微笑むことしかできなかった。

「えー！　俺、平穏《へいおん》に過ごしたいんだけどー！」

「さあ、人が来る前にジョルゼ様をよろしくお願いしますわね！」

こうしてジョルゼ様の外聞は護られたのだった。

――良かったですわ。『氷の貴公子』が蜂蜜壺を抱えて、お花に囲まれて倒れているところなんて……誰にも見せられませんものね！

クラリス様はシュナイザー様の視界に入ろうと必死になっているが、シュナイザー様はマリアベル様しか見えないかのように振る舞っている。

というか……シュナイザー様が何故王立学園にいるのだろうか。

「リボーン王国とナイル王国との共同研究を学園で行っていてね。私が研究の責任者に就任したから、学園にはこれから度々《たびたび》お忍《しの》びで来ることになったんだ」

「そ……そうなのですか」

「マリアベル殿の可愛い制服姿も見られるしね」

サラッと甘い言葉を発して微笑むシュナイザー様に、マリアベル様は動揺《どうよう》して真っ赤になって固まっている。初々《ういうい》しい反応をするマリアベル様を見つめるシュナイザー様は、獲《え》物《もの》を狙《ねら》う目をしていて、そんなところもシルヴィール様とそっくりである。

あの目で見つめられた後、散々な目に遭《あ》った記憶が蘇り、マリアベル様の身を案じてしまう。

「それに……色々と、気になることもあるしね」

シュナイザー様は小さな声で囁《ささや》き、未《いま》だに固まったままのマリアベル様を愛《いと》おしそうに見つめていた。


「あー！　マリアベル様ってどうしてあんなに可愛いのかしら――っ！　今日のあの赤くなった顔……もう堪《たま》らなかったわっ」

ジョルゼ様蜂蜜事件の後、王宮の温室に私とシルヴィール様、シュナイザー様は情報共有のために集まったのだけど、冒頭《ぼうとう》からマリアベル様への惚気《のろけ》を延々と聞かされていた。

シルヴィール様はにこやかな顔でシュナイザー様の惚気話を聞いていたが、その裏で私を膝の上に乗せて髪の毛を撫でたり、ギュッと抱《だ》き寄せてみたりと、ちょこちょこ悪戯《いたずら》をしてきて、その度にドギマギしてしまう私の反応を楽しまれている様子だった。

――うう、意地悪ですわ！　腹黒ですわっ！

「どうしたの？　ルイーゼ」

涼《すず》しい顔でそう訊《き》いてくるシルヴィール様は本当に腹黒王子だと思う。

「でね、マリアベル様ったら、優しすぎるの。あの後も『蜂蜜を食べられなくて申し訳なかったと伝えてくれ』とか言って気にしてるのよ？　心が広すぎてもう天使なのっ⁉　でも――マリアベル様に蜂蜜を手ずから食べさせようなんて……あの公爵令息、どうしてやろうかしら……」

一瞬《いっしゅん》で凍《こお》りつく空気に背筋が寒くなる。

――ジョルゼ様が危険ですわ――っ‼

シルヴィール様も怒るととても怖いのに、そのお兄様のシュナイザー様が本気で怒ったら、とんでもなく恐ろしくなる予感しかしない。どうにかフォローしなければ。

「あの、シュナイザー様。普段のジョルゼ様は蜂蜜好きを隠して、クールに振る舞われていますの。あの時のジョルゼ様は常軌《じょうき》を逸《いっ》している、そんな状態でしたわ。いつものジヨルゼ様とは全く違って、理性をなくしてしまった様子で……」

「ふうん、よく見てるんだね。そんなに仲良しだっけ？」

私が一生懸命《いっしょうけんめい》ジョルゼ様をフォローすると、何故かシルヴィール様から冷ややかな視線を向けられてしまった。

「シルヴィール様の方がジョルゼ様と仲良しではないですか！」

「……まあ、いいや。ルイーゼの言う通り、ジョルゼは間違っても蜂蜜壺を持って令嬢を追いかけるといったタイプの人間ではありません」

「そう……。では、彼が豹変してしまう『何か』があったということね……」

正気ではなくなってしまった、ダルク様とジョルゼ様。

この二人の共通点と言えば――。

「……クラリス様――？」

「そうね。本当、厄介《やっかい》よね。状況から言うと、恐らくだけど……クラリス嬢が何かしら関わっている可能性が高いわね」

やはり恐れていた状況になってしまった。

このままでは、シュナイザー様とマリアベル様の婚約も、両国の関係も悪くなってしまう事態に陥《おちい》るかもしれない。

「ただ……、精神を操る魔法を使ったと仮定しても、あの子には全く魔力《まりょく》を感じないのよねぇ」

「マリアベル様も言っていましたわ。クラリス様は魔法はからっきしだったと……」

「魔法を使えない……か。怪しいわね。いいわ、こっちで調べてみるわ。それにしても

……シルヴィールはよっぽどルイーゼが大切なのね」

シュナイザー様が、私のつけているシルヴィール様から頂いたブレスレットに目を留める。

「それ、国宝級のお宝よ。あらゆる魔法を無効にする魔法石がついているわね。私達王族も身に着けているのよ」

「……はえっ!?」

国宝級のお宝……!?

私はバッと振り返り、シルヴィール様を信じられない気持ちで見つめた。

私の胸元《むなもと》には、シルヴィール様に贈られたブローチに嵌《は》められた『王家の秘宝《ロイヤル・ブルー・サファイア》』が重たく輝《かがや》いている。

この王家の血筋しか付けることの許されていない秘宝は、シルヴィール様のネクタイピンの宝石と、元々一つの原石を分け合ったもので、互《たが》いの位置を教え合う性質がある。更《さら》にブローチには護りの魔法やら、防御《ぼうぎょ》の魔法やら何重にも色々な効果の魔法がかけてあるらしい。

『王家《ロイヤル》の秘宝《ブルー・サファイア》』だけでも畏《おそ》れ多《おお》いのに、それに加えて国宝級のお宝を簡単に贈るなんて、過保護じゃないだろうか。

――わ、私の手首が急に重たく感じますわっ！

「これでも足りないくらいだよ。君は無茶ばかりするからね」

シレッと言うシルヴィール様に私は引きつった笑《え》みを返した。

「あ、ありがとうございます。厳重に、傷つけないように、大切に扱《あつか》いますわ」

「別にいいよ。君以上に貴重なものなどないんだから。君が無事ならそれでいい」

「――っ!!」

甘い言葉に私の顔は一気に熱を帯びてしまう。

「はいはい、ご馳走様《ちそうさま》。仲良くっていいわね～。そういえば、このブレスレットをつけていて変わったことはあった？　魔法を無効化できるから、もしもクラリス嬢が何らかの方法で魔法を使っていたのなら無効化できているはずよ」

「変わったこと……。そういえば、クラリス様に出会った当初から頭がボーッとしていましたが、ブレスレットをつけてからはモヤが晴れる気がしましたわ。加えて、クラリス様を守りたい、庇護してあげたいという気持ちがなくなりました。それに、思い返せば、ダルク様が我を忘れた際に頬を張り倒した時、このブレスレットがダルク様の頬に当たっていました。もしかしたら、張り手パワーに加え、ブレスレットの力で正気に戻ったのでしようか……」

「張り手――」

私の言葉にシュナイザー様が遠い目をしたのは気のせいだろうか。

「今のルイーゼの言葉を聞く限り……、やはり何らかの魔法は関わっていそうね。それも……とっても悪趣味《あくしゅみ》な――」

「そうですね、兄上。もう少し調べさせましょう」

兄弟二人で何かをわかり合っている。

私には全くわからないが、張り手をして、このブレスレットの宝石を当てれば正気に戻る『悪趣味』な『魔法』……。今まで出てきた語句を整理するとピンと閃いた。

――すなわち『変態魔法』ですのね！

「……仕方ありませんわね。私、張り手の鍛錬をもっと行いますわ」

「……ルイーゼ。君は何を言っているのかな？」

「『変態魔法』への対抗《たいこう》手段を考えていましたの‼」

私の言葉に二人は、今度こそ遠い目をして押し黙った。

「――ルイーゼの護衛が必要かしらね。何らかの魔法を打ち消したことに気付かれれば、クラリス嬢の背後にいる者に襲われかねない」

「そうですね。私もできる限り傍にいますが……護りが多いに越したことはない」

「ふふ。大丈夫、適任者がいるわ！　学園にも潜入《せんにゅう》してもらって、あなた達が動けないところもしっかり動いてもらいましょう！」

含み笑《わら》いするシュナイザー様に、私とシルヴィール様は目を見合わせた。

シュナイザー様はそれ以上は教えてくれず、疑問に思いつつも、お茶会はお開きになったのだった。

「ちょっと、ルイーゼ！　話があるの!!」

翌朝、学園に行くと、興奮したピクセルに空き教室へ連れ込まれた。放置されて喜ぶ遊びはもういいのだろうか。

「セカンドステージ、かなり進んできてるじゃない。黙《だま》っていようと思ったけど、もう我《が》慢《まん》できないわ！　ヒロインもやりたい放題だし、あなた、転生者のくせにこのままでいいの⁉」

『変態物語』のセカンドステージは続いているらしい。

やはりピクセルの『変態物語』に付き合うのは至難の業《わざ》だ。『転生者』という名の『変態物語』の登場人物として、働きが足りずピクセルの怒《いか》りを買ってしまった。

「セカンドステージのヒロインの子……クラリスだっけ？　中々やるじゃない。あのアイテムを使用していると見たわ。あの子も転生者としての記憶があるのかしら。……いいわ。元ヒロインとして探ってあげる」

今日のピクセルはいつもに増して妄想《もうそう》のレベルが高いようだ。実は放置されていて寂しかったのだろうか。

それにしても、『変態物語』の主人公が、いつの間にかクラリス様に変わっていることに驚いてしまう。ピクセルを放置している間に何かあったのか。まさか、放置の末に、他の人に主人公を任せるという怪しい遊びを始めたのだろうか⁉

よくわからないが、ピクセルの友として、妄想がレベルアップして羽目を外さないように注意だけはしておかないと。また刺激《しげき》を求めて危険な行動をしかねないのだから。

「ピクセル、無理をしてはいけませんよ、（変態活動も）ほどほどに……ですわよ？」

「わ、わかったわよっ。……その、あなたが破滅するのが心配だから、動くんじゃないからね？　私の平穏な学園生活のためだからね‼」

「まあ！　ピクセル‼」

「じゃあねっ。学園では王子の目が怖いから、あんまり話しかけないでよね！」

照れくさそうに言い捨てながら、ピクセルは空き教室から飛び出していった。少し嫌な予感がするが、何も起こらないように祈るのみだ。

ピクセルを見送って、私は研究棟《とう》へと歩を進めた。

昨日、シュナイザー様に、学園に来たら研究棟に顔を出すように言われていたのだ。

シュナイザー様の名前が入った研究室のドアをノックすると、バンッと勢いよくドアが開いた。

「このノックの音はルイーゼたんに違いないっ。やっぱりそうだ!! うわぁぁぁぁ、すっごく可愛くなってるぅぅ!! 実家への挨拶通り越してここに直行して良かったぁぁぁ!!」

出会《であ》い頭《がしら》に号泣《ごうきゅう》して泣《な》き崩《くず》れた目の前の人に、私は目を見開いた。

「どどどど、どうしてセルディスお兄様が学園にっ⁉」

「ルイーゼた――んっ!! 会いたかったよぉぉ!!」

涙《なみだ》まみれで私に抱き着いてきたのは、我がジュノバン伯爵家次男のセルディス・ジュノバンだった。

「いやー、シュナイザー様がね、ルイーゼたんが危険だからって俺をこの学園の教師に推《すい》薦《せん》してくれてね。今日からルイーゼたんの学校の先生だから、よろしくねっ！」

そう言って頰ずりしてくるセルディスお兄様の頭の上には『攻略対象　王立学園教師（妹大好きな変態）』が浮いていた。

――お、お兄様も『攻略対象』になっていますわ!!

私より四つ年上のセルディスお兄様は、シュナイザー様の側近として留学にも付いて行っていたので久々の再会である。シュナイザー様より少し遅《おく》れて帰国すると聞いていたが、今日戻ってきたのだろうか。

数年ぶりに会うお兄様は、私と同じく蜂蜜色の髪がふわりとウェーブしており、長身でスラリとした体形に、女性受けしそうな優しく甘い顔立ちは成長されて更に磨《みが》きがかかっている。留学される前でもその整った容姿で、かなりご令嬢達にモテていたのだが見向きもせず……私のことが大好きな残念な兄なのである。

そして、リボーン王国に行く前には……『伯爵家次男（妹大好き）』が頭の上に浮かんでいたのに、何故――『変態』もプラスされているのだろうかっ！

「こらこら、セルディス。そんなにくっついたら、ルイーゼが困るでしょう？」

「いいんです！　俺ら兄妹《きょうだい》は永久に不滅《ふめつ》の愛で結ばれてるんですからぁ！」

見かねて間に入ってくれたシュナイザー様も、お兄様の変わり様に若干《じゃっかん》引いている。

「生徒では護りきれないところも、教師ならば護りやすいかと思ったのだけど……」

昨日シュナイザー様が言っていた護衛はセルディスお兄様のことだったのだと納得《なっとく》した。

しかし推薦したはずのシュナイザー様は、お兄様の熱烈《ねつれつ》な様子を見て眉《まゆ》を寄せている。

「……こんなに兄妹愛を拗《こじ》らせてたっけ？」

「数年ぶりの天使な妹との再会ですよぉ！　こうなりますって!!　もう離れません。俺がルイーゼたんを護ります!!　俺が帰ってきたからには、誰もルイーゼたんに指一本触れさせないからねぇぇぇ！」

——懐かしいですわ、この過保護具合。

実家ではずっと溺愛されていたことを思い出す。いつものストッパーになる母がいない今、お兄様の溺愛は止《とど》まるところを知らない。どうしたものかと遠い目をしていると——。

「私の婚約者を離してくれないかな、セルディス殿」

頭上から冷ややかな声が聞こえ、セルディスお兄様が私からベリッと剝《は》がされた。

「シルヴィール様っ！」

——ああ、今日はシルヴィール様が救いの神に見えますわっ！

そう思ったのも束《つか》の間《ま》で、私を包み込むように後ろからギュッと抱きしめながら、

「ルイーゼは私の婚約者だからね」

と、お兄様を牽制《けんせい》するように言い放った。更に、流れるような動作で、私のつむじに口付けを落としたのだった。

——こ……公衆の面前でっ、ななな何をっ！

「おいこらそこの第二王子さまぁぁ、俺の天使に何しやがるんだこの野郎《やろう》、今すぐ離れやがれですよぉぉぉぉ」

「お……お兄様っ！ 抑《おさ》えてください！ 不敬になりますわっ」

怒りで我を忘れたお兄様と、冷静に挑発《ちょうはつ》する腹黒王子シルヴィール様に挟《はさ》まれて私は

『　攻略対象
王立学園教師
（妹大好きな変態）』

どうしたら良いのだろうか。為《な》す術《すべ》なしの状況に眩暈《めまい》がしてくる。

——いいえ、思い出すのです。以前からお兄様にどう対処していたのかを……。

「セルディスお兄様、今すぐシルヴィール様に謝らないと嫌《きら》いになりますよ？」

「申し訳ございません。第二王子殿下。取り乱してしまいました。心より謝罪申し上げます」

『嫌いになる』という魔法の言葉を聞き、即座に謝罪するお兄様の変わり様にガクッと肩の力が抜けた。

「シルヴィール様……、兄が申し訳ありませんでした」

「いいんだよ。ルイーゼ、話したいこともあるし、二人っきりでお茶でもしようか？　セルディス殿は授業に向かわれてはどうかな。兄上も……後でしっかりご説明をお願いしますね」

有無を言わせない圧を放ち、シルヴィール様は私の手を引いて颯爽と研究室を後にした。

「ルイーゼたぁぁぁんっ‼」

——お兄様……悔《くや》しがってハンカチを噛《か》まないでくださいませっ！　美形が台無しですわっ！

残念な兄の声が響き渡る中、シルヴィール様の歩みは止まることなく、気が付けば学園内にある王族専用個室へと連れ込まれていた。

「あ、あの、シルヴィール様……。授業はいいのですか？」

どうして……私はシルヴィール様の膝に乗っているのだろうか。

「たとえ兄妹でも……距離が近すぎるんじゃないかな」

トゲトゲした声色に、シルヴィール様の機嫌《きげん》が悪いらしいことを悟る。妹離《ばな》れできない兄の不敬な態度が気に障《さわ》ったのだろうか。妹として兄をどうにかしなければ……と思っているとグイッと腰《こし》を抱かれ、シルヴィール様の顔が近距離になる。

「シルヴィール様？」

「ああ、どうしたらルイーゼを閉じ込められるかな」

「えぇっ!?」

――今……とっても不穏なことを言われたような。

「自分でも不思議なんだ。今まで、王族として相応《ふさわ》しく誰にでも平等に振る舞ってきた。しかし、君という『特別』な存在ができてから、自分の気持ちを制御《せいぎょ》できない……」

いつもの余裕《よゆう》そうなシルヴィール様とは異なる雰囲気を感じ取り、私はじっとシルヴィール様を見つめ返した。

思い返せばシルヴィール様はいつも完璧で、誰にでも平等な王子様だった。シュナイザー様が留学中は、シュナイザー様の分まで王族の責務を果たそうとかなりの重責を負われていたように思う。

『もう色々と我慢するのはやめようと思ってね』

そう吹っ切れたように言われて、今の甘々なシルヴィール様に変わられた。お人形のように作られた笑みは、蕩《とろ》けるような笑みに変わり、私に自分の想いを告げてくれるようになったのだ。

「ルイーゼ。君が好きだ。君の周りに、兄上や、その他の男がいるだけで……心が落ち着かない」

「ええっ⁉」

「王国の太陽だと言われる兄上に——誰もが惹きつけられ、誰もが兄上を慕《した》う。隠されている乙女な一面も、魅力《みりょく》の一つだ。露見したとしても、問題なく立派な王になられるだろう。そんな兄上を私は尊敬しているし、誇《ほこ》りに思う。その反面、ルイーゼと仲良くしているところを見ると、心穏《おだ》やかではないんだ」

シルヴィール様の突然の思いの吐露《とろ》に私は目を見開いた。

「私の知らない、幼い頃からルイーゼと共に過ごしていたセルディス殿も、鍛錬を共にしているダルクも、蜂蜜談義で盛り上がるジョルゼも——全てをルイーゼから遠ざけて、君の瞳に私だけが映ればいいと思っている」

「……っ⁉」

——も、もしや……。あ、有り得ないと、否定してきましたが……。

「し、シルヴィール様……。それって……や、ヤキモチ……っ⁉」

つい口に出してしまった私の言葉に、シルヴィール様はポカンとした表情になる。

「も、申し訳ありませんっ！　嘘《うそ》です、今言ったのは忘れてください‼」

シルヴィール様がヤキモチなどやくはずないのに、私ったら、何を口走ってしまったのだろう。自分の言葉にあたふたしている私を見つめながら、シルヴィール様は何か考えている様子だった。

「そうだね、私は――嫉妬《しっと》していたんだ」

ポツリと零《こぼ》れた言葉に、私は目を丸くした。

――シルヴィール様が……嫉妬？

その事実に私の心はキュンと音を立てた。

だって、嫉妬するくらい、想ってくれているということで……。お人形のようだったシルヴィール様が普通《ふつう》の殿方のように嫉妬に身を焦《こ》がしてくれていると思うと、何故か泣きそうなくらい胸が締《し》め付けられる。

「シルヴィール様。その……私は、シュナイザー様も、セルディスお兄様も、ダルク様達にも、それぞれの魅力はあるかと思いますが、ときめきません。私が、ドキドキするのも、お慕いするのも……シルヴィール様だけですわ――」

いつもは恥ずかしくて口に出せない想いを、勇気を振り絞《しぼ》って伝える。

シルヴィール様の不安が少しでもなくなるように。

「す、好き――ですわ！　シルヴィール様っ」

私の告白に、シルヴィール様は――

ぞっとするくらい綺麗な顔で微笑んだ。

――え……？

「ありがとう。ルイーゼ。君が想うのは私だけということだよね？」

「は、はい、そうですわ」

「では、もう私以外の男に必要以上に近付かないよね？」

「え……っと……」

なんだか、雰囲気がおかしいような。

「……ルイーゼ――？」

「は、はいぃぃ！　わかりましたわ‼」

圧に負けてそう返事をすると、そのままシルヴィール様の顔が近付いて、

「それに、こうして――口付けするのも私だけだよ」

ちゅっと唇《くちびる》が重なり合った。

満足そうに微笑むシルヴィール様に、私はシルヴィール様の思惑《おもわく》通りに掌《てのひら》の上で転がされていたことを悟った。

――は、腹黒王子――っ!!

心の中で思いっきり叫んだのであった。


「クラリス嬢が近付いているのは、行く末はこの国の中心となるような人物が多いようね。特にシルヴィールの側近に近寄り、正気を失わせている事例があるから、次のターゲットは……。彼でしょうね」

「ええ……。そう考えて、見張りを付けているのですが」

「中々尻尾《しっぽ》を出さないようね。上手く泳がせて、背後にいる者もあぶり出したいわ」

「……そうですね。それならば――」

シュナイザー様とシルヴィール様が今後の作戦を立てている頃、私はこっそりクラリス様の動向を探っていた。

シルヴィール様以外の男性と接近禁止令を出された中、私が接近できるのは同性であるクラリス様だと、冴《さ》えわたる案が浮かんだのだ。

気配を消して尾行《びこう》を続けていると、同じく気配を消して尾行していたらしいルークと鉢《はち》合《あ》わせしてしまった。

「……何してるんですかー。王子様に大人しくしてろって言われませんでしたー？」

「ルークっ！　あなたこそなんでクラリス様を尾行してますの⁉」

「それは任務なので言えませーん。さあ、帰ってください。王子様に言いつけますよー」

二人で言い合っている内に、クラリス様は怪しい動きで辺りを見回し、そっと双眼鏡《そうがんきょう》で何かを覗き始めた。

「……何してるんでしょう……」

「覗きですかねー」

クラリス様の双眼鏡が向けられている先には――。

「ルイーゼた――んっ‼　どこに行ったのぉぉぉ⁉　お兄ちゃんが来たよ――っ！」

背後からいきなりセルディスお兄様が現れ、ルークは一瞬で姿を消した。

「お、お兄様っ⁉」

「授業が終わったから、もう一時も離れないよぉぉっ‼　ルイーゼたんの学園生活は俺が護るからねぇ‼」

セルディスお兄様の相手をしている内に、クラリス様はどこかへ行ってしまったようだ。

先ほどクラリス様が覗いていた場所には、何重にも縛《しば》られ、重ねられた紙の束が異様な雰囲気を出してゴミ捨て場に捨てられていた。

この縄の使い方に、思い当たる人物が一人頭の中に浮かび、はっと息を呑む。

次のターゲットは……ついに……あの『攻略対象』の中でも『変態』の文字を浮かべた彼なのだと……そんな嫌な予感がした。

ルシフォル・エルナーデ様。現宰相《さいしょう》のご子息であり、銀縁《ぎんぶち》眼鏡がよく似合う、緑色の髪に緑色の瞳をした秀才《しゅうさい》で、頭の上には『宰相の息子（変態）』と浮かんでいた。

シルヴィール様の側近の一人であり、恐らく今はルシフォル様にも『攻略対象』の文字が復活しているだろう。彼は文字通り『変態』である。

いつもは『変態』を隠し、涼しい顔をしているルシフォル様が、『変態』を暴発させたら……。

――まずい、まずいですわ!! 事前に防がなければ――！

危機感を覚え、その日からクラリス様とルシフォル様を注意して観察していたのだけど、クラリス様はルシフォル様だけには、積極的に近付いていない様子だった。

それどころか、ルシフォル様を見ては頰を赤く染め、話しかけられると一目散に逃げていき、遠く離れたところから双眼鏡で覗いては、ため息を吐いている。

まるで恋《こい》する乙女のようなクラリス様の行動に首を傾《かし》げるばかりである。ダルク様にはあんなに妖艶《ようえん》に迫っていたのに、謎だ。

「ルイーゼ様、どうされたのですか？　最近私の周りをうろつかれているようですが、何かご用ですか？」

そんなことをしていたら、ルシフォル様に声をかけられてしまった。

「ひゃぁ！」

「驚かせてしまったようですね。すみません」

「こ、こちらこそ……。大きな声を上げてしまってすみませんでした。そ、その……」

まさか『変態』が暴発するのを防ぐために見張っていたなんて言えない。この状況を誤《ご》魔《ま》化《か》すにはどうしたらよいのか頭がパニックになり、つい口から出たのは——

「ルシフォル様に、縄の結び方を教わりたくって！　本が上手くまとまりませんの！」

とんでもない言い訳だった。我に返った時には、まずいと思ったがもう遅《おそ》かった。

「な、なんと！」

嬉《き》々《き》として変態的な縄遣《づか》いを教えてくれるルシフォル様に少しの恐怖《きょうふ》を感じつつ、異様な本の縛り方をマスターしてしまった。

機嫌よくその場から去って行くルシフォル様を遠い目で見送っていると、ピリつく視線を感じた。

ハッとして振り返ると、羨《うらや》ましそうな顔でこちらを睨《にら》んでいるクラリス様と目が合った。

「ご、ごきげんよう……」

「ルイーゼ様。ルシフォル様と、仲が良いのですね……」

「ふぇっ……!?」

地獄《じごく》の底から這《は》い出たようなクラリス様の声に、吃驚して間抜《まぬ》けな返事をしてしまった。

いつもの可愛らしい雰囲気はどこへ……？

「負けませんから……っ。『台本《シナリオ》』は、物語は……絶対に変えさせないっ……」

そう言ってクラリス様は駆け出していった。

――い、今……『物語』って言いました⁉

もしかして、クラリス様も『変態物語』をご存じで⁉

新たな疑念が生まれるのであった。

幕間　主人公（ドジっ子）は思案する

私の名前はクラリス・ユーズウェル。トランス王国のユーズウェル公爵《こうしゃく》家の末っ子である。

最強の武力を誇《ほこ》るトランス王国きっての武家であるユーズウェル家に生まれたが、私は魔力《まりょく》がなく、体術もいくら頑張《がんば》っても強くはなれなかった。

それに勉強もできないし、泣き虫だし、ドジでいいところなど全くない。何とか愛嬌《あいきょう》で切《き》り抜《ぬ》けてきたが、自分の存在価値がわからなかった。

二歳年上のマリアベルお姉様は、なんでもできて、体術も一族の中でトップレベル。いつも比べられる私は惨《みじ》めだった。誰《だれ》もがお姉様を褒《ほ》め、私の存在は空気のようになっていた。

そんな時に……あの方に出会った。

「クラリス、君は物語の『主人公』になるべく生まれてきたんだ。さあ、この力を使って『台本《シナリオ》』通りに生きるんだ」

そう言ってあの方はこの世界のこと、物語のことを教えてくれて、私に物凄《ものすご》く素敵《すてき》な

『力』をくださった。

この『力』のお陰《かげ》で……私の人生は変わったの。

皆《みな》が私の味方になって護《まも》ってくれる。

皆が私を好きだと言ってくれる。

お姉様だけにはこの『力』が効かなくって、不思議に思ったけれども、それは大した問題じゃなかった。私に厳しいことを言ってくるのはお姉様のみになったから、皆がお姉様を責め、私の味方になっていった。

私の周りには人が溢《あふ》れ、お姉様は独り。マリアベルお姉様との立ち位置も逆転し、気分が良かった。

マリアベルお姉様の婚約者《こんやくしゃ》も、お友達も、学校の仲間も、あの方の指示通り、全て奪《うば》ってあげるつもりだったのに。

いつからだろう。

『台本《シナリオ》』通りにいかなくなったのは……。

「猫耳《ねこみみ》……からだわ」

どうしてあんなことになったのだろう。なに、猫耳って……？　怖《こわ》すぎる。

あの方の『台本《シナリオ》』では、私を好きになって、言うことを聞いてくれるはずだったのに。

全く上手《うま》くいかなくなってしまった。

それどころか、恋愛《れんあい》関係になるはずの面々は『悪役令嬢《れいじょう》』と仲良しで、あの人まで――。

ネックレスをギュッと握《にぎ》り、ギリっと歯を食いしばる。

『主様は大変ご立腹ですぞ。早く、「台本《シナリオ》」を筋書き通りに戻《もど》さねば……この世界は崩壊《ほうかい》してしまう。そうなれば、あなたも消されるでしょう』

あの方の僕《しもべ》のローブの男にそう言われたのはつい先日のことだった。

――あの方が……怒《おこ》っている……。

底知れぬ恐怖《きょうふ》に、私は震《ふる》え出す身体《からだ》を抱《だ》きしめた。

「まだ……。まだやり直せるわ。絶対に、『台本《シナリオ》』通りにこの『物語』を戻してみせる」

私は、そう自分に言い聞かせるのだった。

第四章 悪役令嬢、奔走する

「ルイーゼっ、行くわよ！」

「ぴ、ピクセルっ⁉」

学園が休みの今日。朝から伯爵《はくしゃく》家で鍛錬《たんれん》をしていた私は、突如《とつじょ》訪問してきたピクセルに連れ去られていた。

王都の街の中、庶民《しょみん》の格好に扮装《ふんそう》した私とピクセルは、とあるお店の前で張り込んでいた。

「ここで待っていれば、イベントが起こるはずよ！　あのヒロイン、結構やり手みたいだから、攻略《こうりゃく》が進まないように邪魔《じゃま》してやりましょう。あなた、得意じゃない、イベント阻止《そし》するの‼」

――ピクセルったら、またわけのわからない遊びを始めましたのね！　イベントってなんですの⁉

全く意味不明であるが、ピクセルの表情は真剣《しんけん》だったので、友人として付き合うことにした。恐《おそ》らくまた性癖《せいへき》を拗《こじ》らせているのだろう。

『変態物語』セカンドステージの主人公をクラリス様にお譲《ゆず》りしたと思ったら、今度は邪魔するなんて……どういうつもりなのか。

しばらく待っていると、可愛《かわい》らしいワンピースに身を包んだクラリス様が現れた。そして、何やらノートらしきものを開き、ブツブツと呟《つぶや》いている。立ち位置を念入りに調整している様子で、お昼の鐘《かね》が鳴った瞬間《しゅんかん》に、クラリス様は勢いよく走り出した。

——な、何をされていらっしゃるのかしら……？

疑問に思いながらも観察していると、クラリス様はガラの悪い男に自らぶつかり、大袈《おおげ》裟《さ》に転んで尻《しり》もちをつく。

「ご、ごめんなさいっ」

「あぁ⁉ どこ見てんだ、痛いなっ。ああ、ぶつかったところが骨折しちまったなぁ～。お嬢《じょう》ちゃん、どう責任とってくれんだぁ～？」

男は凄《すご》みながら、クラリス様に迫《せま》っている。とってもピンチな状況《じょうきょう》なのに、クラリス様は何かを待っているかのようにソワソワしている。

——こ、これは、やはり……。

私は、隣《となり》で同じくワクワクした顔でその様子を眺《なが》めているピクセルを見つめた。

怖《こわ》い思いや危険な思いをして楽しむ行動には既視感《きしかん》がある。もしかしたらクラリス様はピクセルと同様の嗜好《しこう》を持っているのかもしれない。

「おい、慰謝料《いしゃりょう》よこせって言ってんだよ、ガキがっ‼」

クラリス様に殴《なぐ》りかかりそうな勢いでガラの悪い男が拳《こぶし》を振《ふ》り上げた。

――いくらそのような嗜好を持っていても、暴力は黙《だま》って見てはいられませんわっ‼

「あ、ちょっと、ルイーゼっ⁉」

ピクセルの制止を振り切って、私はクラリス様のところへ駆《か》け寄《よ》った。

「暴力はダメですわ――っ‼」

「な、なんだ、いきなりっ」

「ここは私に任せて、逃《に》げて、クラリス様！」

「えええええ⁉　なんでルイーゼ様が助けに入るんですかぁぁぁ⁉」

クラリス様は心の底からガッカリしたような顔で私を見た。やはり、怖い目に遭《あ》いたかったのだろうか。

「クラリス様。あなたの性癖には口を出しませんが、他人を巻き込んでまでご自身を傷つけてはいけません」

「性癖って何っ⁉」

「お、お前ら、俺を無視するんじゃねぇぇ！」

そう激怒《げきど》するガラの悪い男の頭の上には――『かませ犬（母親大好き）』と浮《う》かんでいた。

「あ、あなたのお母様、悲しまないかしら」

「えっ……」

「か弱い女の子に暴力を振るったり、お金をせびったり……。可愛い息子《むすこ》がそのような悪事に手を染めたら、お母様は悲しむと思いますわよ」

「か、かあちゃん……」

男は振り上げた拳をそっと下ろした。そして、空を見上げて悲しそうな顔をして、そのまま走り去っていった。

――まさか……、彼のお母様はもう……。

走り去る男の背中は、とても寂《さび》しそうだった。

「って、何やってるのよルイーゼ!! どさくさに紛《まぎ》れてヒロインも逃げちゃったわよ。隠《おん》密《みつ》のルーク様も現れなかったし……。おかしいなぁ」

「え、ルークですの!?」

「そう、王家の影《かげ》と呼ばれるルーク様とヒロインの出会いイベントなんだけど。中々姿を現さないキャラだから見たかったのになぁ」

ピクセルの言葉に、彼女の妄想《もうそう》の世界がまた始まったのだと悟《さと》る。

どこでルークの情報を嗅《か》ぎつけたのかは不明であるが、ルークの頭の上にも『攻略対象』＝《イコール》変態の文字が浮かんでいたことから、同族の匂《にお》いを感じ取ったのだろう。ピクセルの、同族を嗅ぎつけ、情報を得る力は底知れないものがあるから不思議だ。

思い返せば、私達が張り込んでいた店はフルーツパイ専門店だった。フルーツパイ大好きなルークなら密《ひそ》かに通っているのも有り得そうだ。

ピクセルの妄想している『変態物語』セカンドステージの主人公であるクラリス様とルークが出会うのも、変態同士が惹《ひ》かれ合うストーリーの一つだと予測してこの場所で張り込みをしていたとしたら……。ピクセルが末恐《すえおそ》ろしく感じてしまう。

もしかしたら、ピクセルが開花させた『癒《いや》しの力』は治癒《ちゆ》だけでなく、彼女の変態パワーで未知の進化を遂《と》げ、予知までできるようになったのかもしれない。それならば、ルークについて知りすぎているのも納得《なっとく》だ。

「今日ここにルーク様が来るのは確実だから、もう少し粘《ねば》ってみる？」

ピクセルの言葉に私はハッとした。

ルークと出くわしたら、私がここにピクセルといる理由を詮索《せんさく》されるのではないだろうか。ルークはシルヴィール様の影である。調べられたら、私がガラの悪い男の前に突《つ》っ込んでいったことが露見《ろけん》するのは簡単だろう。そして、そのことは主であるシルヴィール様に報告されるわけで……。

『今度自ら危険に首を突っ込むようなことがあれば……私に「好き」だと言ってルイーゼの方から口付けしてもらおうかな』

シルヴィール様の言葉が脳裏《のうり》に蘇《よみがえ》った。これはまずい状況である。慌《あわ》てて辺りを見回すが、ルークの気配は感じない。しかしルークならば隠《かく》れることなど簡単なはず……。

「逃げましょう……」

「え⁉　ルイーゼっ、待って、どこ行くのよ――」

ルークに出くわすわけにはいかないと、一目散に逃げる私の背後でピクセルの戸惑《とまど》う声が聞こえた。

そして――走り回った結果、怪《あや》しげな路地裏に迷《まよ》い込んでしまった。どうしたものかとウロウロしていると、路地裏の奥から声が聞こえた。

道を尋《たず》ねようと、その声の方へ向かうと――。

「また失敗したようですね……。あなたにはガッカリですよ」

「申し訳ありませんっ。今度こそ、今度こそ『台本《シナリオ》』通りに……っ」

ローブを着た怪しい男と、クラリス様が密会している場に出くわした。

「新たな……を授《さず》けます。これで……を攻略してください」

「はい……必ず」

――えええええ⁉　な、なんてところに通りかかってしまったのでしょうか。

遠くて話の内容はよく聞こえないが、この状況からクラリス様の後ろに、怪しい何者かがいることは確かだ。シルヴィール様に早く伝えて調査してもらった方がいいだろう。

気付かれないように気配を消して二人から離《はな》れ、身を翻《ひるがえ》して走り出そうとしたら──。

「ああ、見られてしまいましたか。あなたにも困ったものだ……。丁度いいですね。主様への手土産《てみやげ》にさせてもらいましょうか」

音もなく背後にローブの男が立っていた。

「……‼」

私に魔法《まほう》をかけようと、呪文《じゅもん》を唱えだしたローブの男に身構えながらも、男の頭の上に浮かんでいる『創造主の手下（ふんどし派）』に目が釘付《くぎづ》けになってしまう。

──ふんどし派って何なんですの──っ⁉

そんなことを思っている間に魔法が放たれてしまい、とっさに防御《ぼうぎょ》した瞬間、シルヴィール様から貰《もら》ったブレスレットの宝石が光り出し魔法を打ち消した。

「──なっ！」

ローブの男は驚《おどろ》きの声を上げ、何らかの魔法を使ったのか、目の前から消え去った。

「た……助かりましたの？」

腰《こし》が抜《ぬ》けその場に座り込む。ブレスレットをぎゅっと握《にぎ》り締《し》め、これがなかったらと思うとぞっとする。

──シルヴィール様に感謝ですわね。

ホッと一息吐《つ》いていると、

「あーあ。フルーツパイ食べに来ただけなのに……。街中で護衛騎士《きし》達が騒《さわ》いでいると思ったら……やっぱりあなたかー。何があったんですかー？」

フルーツパイを頬張《ほおば》りながら、面倒《めんどう》くさそうな顔をして私の目の前にルークが現れた。

「ルーク……。良かった、ですわ――」

味方の出現に、一気に身体《からだ》の力が抜け、気が遠くなる。

ルークの焦《あせ》るような声を聞きながら、私は意識を失った。


「ルイーゼたんっ！　心配したよぉぉぉぉ。お兄ちゃん、もう絶対に傍《そば》を離れないからねえ！」

意識を取《と》り戻《もど》してからというもの、兄の溺愛《できあい》に頭を抱《かか》えていた。

あの日、ピクセルと街へ向かった際に、私には専属護衛騎士のタニアを含《ふく》めかなりの数の護衛がついて見守ってくれていたようで、私がいきなり全速力で走り出し、姿を見失ってしまったことで街は大混乱だったらしい。

丁度フルーツパイ専門店に来ていたルークはその騒動《そうどう》を見て、仕方なく捜索《そうさく》に加わり、路地裏で私を発見したのだった。ルークを見て安心し意識を失った私を慌ててタニア達のところまで連れて行ってくれて、ジュノバン伯爵家へ運び込まれたのだ。

私の体調に異常はなく、すぐに目を覚ましたのだけど、過保護なお父様やお兄様の包囲網《もう》に捕《つか》まり、重病人のようにベッドへと張り付けられた。

クラリス様やローブの男についてルークを通して報告した後は、四六時中セルディスお兄様が私にベッタリとくっついている。

「もう大丈夫《だいじょうぶ》ですわっ。少し意識を飛ばしていただけですのに、大袈裟な」

「あんなところで倒《たお》れたなんて心配するよぉぉぉ！　生きてくれて、神様、女神《めがみ》様、天使様に感謝だよぉぉぉおっ！」

大号泣《ごうきゅう》してベッドサイドから離れない兄にため息を吐く。その姿は、本当にシュナイザー様の側近として仕えられていたのか心配になるくらいだ。

「ルイーゼ、大目に見てあげて。この子、本当に心配していたのよ」

「お母様っ！」

『悪役令嬢《れいじょう》の母（逃げ延《の》びる。新たな恋《こい》に夢中）』が頭の上に浮いているお母様が、ベリッとお兄様を私から剝《は》がしてくれた。

お母様の文字も『悪役令嬢の母』に戻ってしまっている。その他の文字は恐ろしいので深く考えるのはやめた。

因《ちな》みにお父様には『悪役令嬢の父（没落《ぼつらく》する。肥満）』が再び浮かんでいた。このままではジュノバン伯爵家の未来は危《あや》うい。

「ルイーゼたんの表情が曇《くも》った！　やっぱり体調が悪いんだぁぁぁ、主治医をっ!!」

「ちょっと、お兄様、落ち着いてくださいませ」

今すぐ飛び出していきそうなセルディスお兄様を一生懸命《いっしょうけんめい》引き留める。本当に過保護な兄である。

――それでも……。心配をかけてしまったのですわよね。

「お兄様、ありがとうございます。もう、大丈夫ですわ」

「わーっ！　天使のような可愛らしい顔でルイーゼたんが微笑《ほほえ》んでるよぉぉぉ！　良かったよぉぉ!!」

まだまだ泣《な》き止《や》む様子がない兄を私とお母様が遠い目で見つめた。

心配をかけたと言えば……私の専属護衛騎士であるタニアは、あの日私が闇雲《やみくも》に走り回ったせいで主を見失い、危険な目に遭わせてしまったことを猛《もう》反省し、私がベッドに張り付けられている間に無茶な訓練を己《おのれ》に課して、こむら返りで起きられなくなったらしい。

因みに頭の上の文字は『女騎士（こむら返りに悩《なや》む）』である。

タニアにも心配をかけてしまい、本当に反省している。

それに、街に置いてきてしまったピクセルも気がかりだ。放置されるのが好きな嗜好を持っているとはいえ、今度会った時には絶対に謝ろう。

一番心配をかけただろうシルヴィール様にも何と言えばいいのだろう。心配性《しょう》なシルヴィール様のことだから、すぐにでも会いに来るのではとソワソワしていたが、目覚めてから一度も、シルヴィール様が面会に訪《おとず》れることはなかった。

倒れてから数日後、マリアベル様がお見舞《みま》いに訪れてくれた。心配してくれていることに心が温かくなる。

「ルイーゼ殿《どの》っ！　無事であったか！」

「ご心配をおかけしました。この通り無事ですわ」

「良かった……。今回の件、シュナイザー様よりお聞きした。妹が関わっている可能性があるとか……。本当に申し訳ないっ！」

床《ゆか》についてしまうほど深く頭を下げられる。

「あ、頭を上げてくださいませっ。まだクラリス様が悪いと決まったわけじゃありませんし。ただ……クラリス様は純粋《じゅんすい》な方ですから、悪い思想に染められていないか心配ですが」

「ああ、あいつは純粋な馬鹿だから……。すぐに人を信じ込むくせがある。今回も……そのローブの男とどのような繋《つな》がりがあるのか問《と》い詰《つ》めたいところだが、シュナイザー様に止められてしまった」

顔を上げたマリアベル様は、困ったような、泣きそうな表情で話す。

シュナイザー様が動いているということは、今私達にできることはないということ。

マリアベル様も責任感が強いから、何かしたくてもどかしいのだろう。

「待っているだけではなく……何かできることがあればいいのですが。心身共に、もっと強くなりたいですわ。あのローブの男にも負けないように」

「なるほど！　では今度ユーズウェル公爵《こうしゃく》家伝統の護身術をお教えしようか」

「まあ！　嬉《うれ》しいですわ。是非《ぜひ》っ」

ユーズウェル公爵家伝統の護身術を教われるなんて光栄だ。私の拳からもマリアベル様みたいな衝撃波《しょうげきは》が出るようになるのだろうか。反復横跳《よこと》びでの俊敏《しゅんびん》に逃げる練習だけでは心許《こころもと》なかったので、一気に光明が差した気がした。

「私にできることならば、なんでも協力させてくれ。……ルイーゼ殿の婚約者《こんやくしゃ》であるシルヴィール殿下《でんか》と妹があんなに仲睦《なかむつ》まじく近付いて……我が妹ながら、本当にっ……申し訳なくて」

「……ええっ⁉」

聞き間違《まちが》いだろうか、と自分の耳を疑ってしまった。まさか、シルヴィール様に限って有り得ないと思いつつ、心臓が嫌《いや》な音を立てる。

「シルヴィール殿下とその側近の方々も……どうしてしまったのか……クラリスを擁護《ようご》するようになって」

悪い予感がした。だからシルヴィール様はあれから一度も会いに来てくれないのか。

「私達がクラリスをいじめているのではないかという噂《うわさ》も流されているようだ。これではまるで、トランス王国で悪者にされた時と全く同じだ。今回はルイーゼ殿まで巻き込んでしまったようで、本当に申し訳ないっ」

項垂《うなだ》れるマリアベル様に私は言葉を失った。

――こ……これは、私の上に浮かぶ『悪役令嬢（破滅《はめつ》する）』の文字がいつもよりはっきり見える気がしますわ――!!

『ルイーゼ、君みたいな悪女とはもう婚約は続けられない。婚約破棄《はき》だ』

「シ、シルヴィール様っ！　待ってくださいっ、ど……どうしてですかっ！」

必死に追《お》い縋《すが》るが、冷たい瞳《ひとみ》で見下ろされる。

――そんな……。どうして……。

シルヴィール様の隣でクラリス様が幸せそうに微笑んでいて、シルヴィール様も愛《いと》おしそうに彼女を見つめ返している。

二人に冷たい視線を向けられ、絶望感で目の前が真っ暗になった。

——ああ、善行令嬢を目指してましたのに……なんで——。

「シルヴィール様——破滅は……嫌……ですわ」

「破滅⁉ どうしたんだルイーゼたん。大丈夫ぅぅぅぅ⁉」

セルディスお兄様の声で意識がはっきりしてくる。

——あら……？ 私……シルヴィール様に婚約を破棄されたんじゃ。

「良かった……夢……でしたの……」

見慣れた寝室《しんしつ》の天井《てんじょう》を見上げ、先ほどまで悪夢を見ていたのだと気が付き、ホッと息を吐いた。そんな私をセルディスお兄様が心配そうに覗《のぞ》き込んでおり、心配をかけないように必死に笑みを作った。

不吉《ふきつ》な夢だった。昨日マリアベル様に聞いた話で不安になっていたのだろうか。シルヴィール様は簡単に心変わりするような方ではないとわかっているのに。

夢の中の冷たいシルヴィール様の表情を思い出し、身を震《ふる》わせる。

「ルイーゼたん、本当に大丈夫？ 顔が真っ青だよぉぉ。今日も学校休む？ 無理しなくていいからね。俺が専属教師になって教えてあげるよ」

キラキラした瞳で言うセルディスお兄様に少し心が軽くなる。こうして心配してくれる人がいるから、大丈夫だと自分を奮い立たせた。マリアベル様も心配だし休むわけにはいかない。

「ありがとうございます、お兄様。でも、今日は調子がいいので学園に参りますわ」

そう言って気合いを入れ、学園に向かう支度《したく》をするのだった。


学園に着くと、いつもとは違う冷たい視線を周囲から感じた。

やはり、マリアベル様の言う通り、悪い噂が流れているようだ。

「おいこらそこのお前、何うちの天使ジロジロ見てんだ？　ちょっとこっち来いやー！　指導室来いやぁぁぁぁ!!」

すぐさまお兄様は教師の立場を利用し、噂を話したり、こちらを変な目で見たりする生徒を片《かた》っ端《ぱし》から排除《はいじょ》していく。職権乱用ではないかと心配になったが、本人は満足げだ。

お兄様のお陰《かげ》で変な視線もなくなり、ホッとしたような、連れて行かれた生徒が心配のような……微妙《びみょう》な心境である。

教室に入ると、シルヴィール様、ダルク様、ルシフォル様、ジョルゼ様がクラリス様を囲んで談笑《だんしょう》していた。

その楽しそうな様子にズキンと胸が痛む。久しぶりの登校なのに、シルヴィール様はこちらに目もくれない。こんなことは初めてだ。

——だ、大丈夫ですわ。きっと、何かわけがあるはずですわ。

自分自身に言い聞かせながら、平常心をどうにか保ち、席に着いた。

「ルイーゼ様、お身体は大丈夫ですの⁉」

ルナリア様が駆け寄ってきてくれ、心配そうに私を見つめる。

「ご心配をおかけしました。もう大丈夫ですわ」

「良かったですわ。申し上げにくいのですが……お休みの間に、クラリス様がシルヴィール殿下の側近の方々と仲を深められていて……。最近はシルヴィール殿下までその輪に加わられて、毎日こんな感じで……。何故《なぜ》かルイーゼ様の悪い噂が広まってしまい、必死に否定して回ったのですが、申し訳ありませんっ」

私を気遣《きづか》いながら今までのクラスの様子を教えてくれるルナリア様は、言い終わると同時に俯《うつむ》いてしまった。

「ルナリア様。ありがとうございます。言いにくかっただろうに教えてくださって。それに、私の噂も否定してくださったこと……嬉しいです」

「ルイーゼ様っ、私、悔《くや》しくて……。今からでも、手を回して——」

「だ、駄目《だめ》です。その悔しい思いは鍛錬へぶつけましょう！」

悪い顔になりかけたルナリア様を必死に宥《なだ》め、一緒《いっしょ》に鍛錬する約束をしてこの話は終わ

りにした。そんな私達を尻目《しりめ》に、

「今度、皆《みな》さんで一緒にカフェに行きませんか？　もっと沢山《たくさん》お話しして、仲良くなりたいです！」

「ああ、いいね。予定を空けておかなければね」

クラリス様とシルヴィール様達は楽しそうに話が盛り上がっている。

シルヴィール様がクラリス様に笑顔《えがお》を向けているのを見ると、胸の辺りがモヤモヤとして気分が悪くなってしまった。やはりまだ体調が本調子ではなかったのだろうか。

仲良くしているシルヴィール様達を視界に入れるのも苦しくなり、私は席を立ち上がった。医務室にでも行って、診察《しんさつ》してもらおうかと教室から出た瞬間、突然腕《とつぜんうで》を摑《つか》まれた。

「ちょっと、どうなってるのよ！」

振り返ると、怒《おこ》った様子のピクセルが詰め寄ってきた。

「ピクセル！　この間は置いていってしまってすみませんでした。あの後は――」

「そうそう、いきなり走ってどこかに行っちゃったから心配したのよ！　って今はいいのよ、そんなことはっ。どうしちゃったのよ、あのヒロイン、それに王子様達も‼」

ピクセルもあの雰囲気《ふんいき》が異様なことに気が付いているみたいだ。

もしかして、私のことを心配してくれたのだろうか。

「物語がヒロイン優位に進んじゃってるわよ‼」

やはりピクセルはぶれなかった。『変態物語』に絡《から》めて妄想を膨《ふく》らませているようだ。

「好感度がいきなり上がったってこと？　……なんで？　もしかして……」

ピクセルは更《さら》に自作の『変態物語』をブツブツと語り出した。こうなったらもう止めることはできないだろうと、大人しく話に聞き入る。

「あのヒロインの子、クラリスだっけ？　やっぱり『魅了《みりょう》』のアイテムを手に入れてるわね。難易度高いのに」

ピクセルの言葉に固まる。

『魅了』とは興味深い内容である。

「怪しいと思うのよね、あの主人公。物語に忠実になりすぎてて。あの子も転生者じゃないかしら……」

意味深に語るピクセルに、私ははっと息を呑《の》んだ。

今までピクセルが勝手にクラリス様を『変態物語』セカンドステージの主人公にして、妄想を楽しんでいたとばかり思っていたが……。

——クラリス様も『転生者』という名の『変態物語』の信者である可能性がありますの!?

そもそも、『変態物語』はピクセルの妄想上の物語だと勝手に推測していた。しかし、ここまで設定が細かいのならば、原作があるのではないだろうか。その原作の『変態物語』をピクセルが改変して脳内で遊んでいるのだとしたら。

その原作を作った人物――それがあのローブの男で、『変態物語』を広める変態教の教祖様的な人なら、（ふんどし派に目が行ってしまい、他の内容を忘れてしまったが、確か教祖様っぽい単語が頭の上に浮かんでいた気がする）クラリス様は変態教信者に違いない。

なお、ピクセルは庶民として暮らしていた時に『変態物語』に出逢《であ》い、自分の境遇《きょうぐう》と重ね、自分なりの物語に改変して妄想を発展させていたので、変態教とは関係のないただの変態だと思われる。

「あなた……わかってる？」

ピクセルが不審《ふしん》な視線を向けてくる。

――ええ、わかってますわ！

「同じ（変態）ですわね！　お仲間が増えてピクセルは良かったですわね」

「べ、別に仲間と思ってないわよ。忠告よ、『魅了』に追加できるレアアイテムを使ったら、もうこの物語は一気に攻略されるわよ」

変態用語が飛《と》び交《か》い理解の範囲《はんい》を超《こ》えてしまうが、真剣にピクセルの話に耳を傾《かたむ》ける。

「あなたの王子も気を抜いてたら攻略されちゃうわよ？　あの『魅惑《みわく》』のドレスで……」

……『魅惑』のドレスとはなんだろうか？　いや、変態用語に惑《まど》わされずにピクセルの言葉を噛《か》み砕《くだ》いて整理してみよう。

シルヴィール様の態度がガラリと変わられてしまったのは、クラリス様が何らかの力を使って『攻略』しようとしているせい？　以前クラリス様は『変態魔法』を使っているのかと予測していたが、ピクセルの話を聞くと違いそうだ。

『魅了』……『魅惑』……。この言葉から導き出される答え——。

そう、それは——『色気』ではないだろうか!!

ダルク様が正気を保てなくなった時、クラリス様から尋常《じんじょう》じゃない色気を感じた。

それを踏《ふ》まえると、クラリス様は変態的な色気を醸《かも》し出し、殿方《とのがた》を『魅了』したのでは。

シルヴィール様達は『攻略対象』を頭の上に浮かべる変態一味。クラリス様の色気に抗《あらが》えるはずがなく、変態教に入信してしまったのかもしれない。変態教への入信＝《イコール》『攻略』だとしたら、全ての辻褄《つじつま》が合うのでは!?

——大事件ですわ。

冴《さ》えわたる自分の推理に息を呑んだ。

「ちょっと、大丈夫!?　いきなり黙り込んで」

「ピクセル、ありがとうございます。私、やっとわかりましたわ」

シルヴィール様を変態教から救い出すには、クラリス様の色気による『魅了』を撥《は》ね返すくらいの、色気を私が身に付け、シルヴィール様の目を覚まさせる。これしかない。

「私が、『魅了』を解いてみせますわっ!!」

燃え滾《たぎ》るやる気を爆発《ばくはつ》させていると、ピクセルは一歩後退《あとずさ》った。

「……絶対おかしい方向に行ってるわ」

ピクセルの呟きは私には聞こえなかった。

「マリアベル様、色気ってどうすれば出ると思います？」

マリアベル様に相談があると言って我がジュノバン伯爵家へ来てもらい、急遽《きゅうきょ》お茶会を開いた。私の突然の発言に、マリアベル様は飲んでいた紅茶を噴《ふ》き出す。

「な……何を言ってるんだ、ルイーゼ殿！」

真っ赤になるマリアベル様が可愛く思える。

「今の状況を私なりに分析《ぶんせき》しましたの。そこで、ある仮説に辿《たど》り着《つ》いたのです。クラリス様はやはり魔法を使っていませんでした。けれども、それよりももっと厄介《やっかい》な力を手にしていたようです」

「な、なんと……。その厄介な力とは……聞いてもいいだろうか」

「勿論《もちろん》ですわ。でも、その前に『変態物語』について説明しなければいけませんわね」

純粋無垢《むく》なマリアベル様に『変態物語』についてお話しするのは憚《はばか》られたが、この状況では仕方ない。私は、自身で考察した『変態物語』や変態教について伝えた。

「な……なんて恐ろしいものに手を出したんだ……。我が妹は……」

「『変態物語』の原作は庶民の間で恐ろしい勢いで流布《るふ》され、一大宗教を作り上げているのかもしれません。ナイル王国に留《とど》まらず、トランス王国にも入り込み、クラリス様も信《しん》仰《こう》されてしまったのではないでしょうか」

私の言葉にマリアベル様は悔しそうに唇《くちびる》を結んだ。自分の妹が変態かもしれないと思うのは、さぞ辛《つら》いだろう。しかし、その上で私はもう一つ伝えなければならなかった。

「クラリス様が手に入れた力についてですが——」

「そうだった。そ、それは一体なんだったのだろうか？」

「——色気ですわ」

マリアベル様は衝撃《しょうげき》を受けたように目を見開いた。

「色気による『魅了』。これがクラリス様の力だと、私は推測しましたの」

「なんてことだ……。色気など皆無《かいむ》で生きてきた私には、未知の世界だ……」

「同感ですわ。私も色気とは無関係の人生を歩いてきたと自負しております。しかし、シルヴィール様が色気による『魅了』に落ちてしまった今……。私にできることは、クラリス様以上の色気を身に付けることだと思いましたの」

「な……っ！」

困難なことかもしれない。不可能に近いかもしれない。

でも、私は決めたのだ。

「シルヴィール様がクラリス様に『魅了』されないくらいの色気を身に付けてみせますわ！」

そう意気込むと、マリアベル様が私の手を取って、力強く握り締めてくれた。

「わかった！　私も微力《びりょく》ではあるが協力しよう！」

こうして悪役令嬢同盟はお色気同盟へと変貌《へんぼう》していくのだった。

「まずは、大胸筋を鍛《きた》えることからだと思う」

あの後、そうマリアベル様に助言された。

少し寂しい自分の胸を見下ろし、クラリス様の豊満な体形を思い浮かべる。負けているのは確実だ。出るところが出ていないと色気どころではない。

無言でいつもの鍛錬に腕立《うでた》て伏《ふ》せを追加した。

あれからシルヴィール様達はクラリス様と共に過ごす時間が増えており、結局私はシルヴィール様と話せていない。仲良くしている二人の姿を見ると胸が痛んだが、感傷に浸《ひた》っている時間があるのなら、できることをやらなくては、と気にしないように努めた。

学園では、近々開催《かいさい》されるダンスパーティーがあり、皆その準備で色めいている。

私もダンスパーティーへ向け、新たな目標を掲《かか》げていた。

――ダンスパーティーまでに色気を身に付けて、シルヴィール様を『魅了』してみせますわ！

そんなことを私が思っている中、

「やはり……動き出すのはダンスパーティーが濃厚《のうこう》のようだね」

「シルヴィール、準備は整ってるぞ」

「こちらも抜かりない……」

シルヴィール様達『攻略対象』の称号《しょうごう》を持つ変態一味が裏で動いていることも――

「ああ、どうしよう、ノートが見つからない。あれには『台本《シナリオ》』について書いてあるのに……落としちゃうなんて私のドジっ！　仕方ないわ。やるしかない。あの方から貰ったアイテムで――」

私の知らないところで、『変態物語』が進んでいることにも――気付かずにいた。


「ねえ、マリィ！　今度のパーティーは色気が出せるドレスがいいですわ」

『侍女《じじょ》その①（お金大好き）』が頭の上に浮かんでいる私付きの侍女であるマリィにお願

いしてみる。マリィは一瞬《いっしゅん》動きを止め、また普段《ふだん》のキリッとした表情に戻った。

「それは、お嬢様にはまだお早いかと……」

「い、いいえ！　今大胸筋も鍛えてるし……何とかなるはずですわ。そうですわ、私が色気を出せるように協力してくれるのならボーナスも支給しますわよ！」

私の一言にマリィの顔色が変わる。

「いいでしょう。引き受けました、お嬢様。しかし、色気を出すドレスとはお嬢様の考えるものとは異なるかと思います」

「えぇ!?」

私は胸元《むなもと》が開いた大胆《だいたん》なドレスや、くびれが強調される大人っぽいドレスが載《の》ったカタログを見ながら、驚きの声を上げた。色気が出るドレスとはこのような類ではない――？

「色気とは大人の魅力《みりょく》でもあります。このマリィ、お嬢様を立派な淑女《しゅくじょ》に仕上げてみせますわ！　ボーナス、是非ともお願いしますね！」

この日からマリィの淑女的お色気教育が始まった。

「お嬢様。本日から毎日、入浴後に特別なマッサージを受けていただきます」

「ひゃぁぁ！　い、痛いですわ、きゃぁ!!」

あらゆるところを揉《も》み解《ほぐ》され、痛みに耐《た》えきれずに情けない声が出てしまう。

「お嬢様。このお茶を毎日飲んでください。夜の鍛錬はお休みになって、睡眠《すいみん》をしっかりとってくださいね。それと、この化粧水《けしょうすい》を――」

「お、お金が絡んだマリィは……とてつもなくやる気ですわね」

「時間がありません。さあ、次は――」

「こ、こうなったらとことんやりますわ――っ!!」

マリィのスパルタ指導と、マリアベル様との大胸筋を鍛える鍛錬で、私は充実《じゅうじつ》した日々を送っていた。


そして……。

それぞれの思惑《おもわく》が重なるパーティー当日。

ダンスパーティーのパートナーは婚約者としての義務がある。クラリス様に『魅了』されているであろうシルヴィール様も、今日は我が家までお迎《むか》えに来てくださり、久々に顔を合わせることとなった。

――ふふふ。努力の成果を見せる時ですわ！

玄関《げんかん》ホールで待つシルヴィール様のもとへ歩を進めた。

「お待たせいたしました。シルヴィール様」

シルヴィール様の方を向くと――。

「ルイーゼ……」

息を呑むような声が聞こえた。

いつもの淡《あわ》い色のドレスではなく、濃紺《のうこん》のレースがあしらわれ、落ち着いた大人っぽいドレスに身を包み、髪《かみ》の毛をサイドでまとめ、普段よりも色のトーンを落とし、大人の魅力を引き出すようなメイクにしてもらった。

マリィとの努力の結晶《けっしょう》……艶々《つやつや》プルプルの陶器肌《とうきはだ》を手に入れ、お色気度もアップしているはずだ。

――どうでしょうか。シルヴィール様！　私、頑張《がんば》りましたわよ‼

シルヴィール様を見つめると、絶句して固まっていた。

――え……やっぱり色気出てませんの⁉

大胸筋も鍛えたが、結局胸の大きさは変わらなかったことを思い出す。

――マリィは太鼓判《たいこばん》を捺《お》してくれましたのに！　セルディスお兄様なんて鼻血を出しながら失神して意識不明ですのに……。だ、駄目でしたの？

ちょっと自信をなくしていると、やっとシルヴィール様が動き出した。

「……誰《だれ》にも見せたくないな――。凄く……綺麗《きれい》だよ」

そう言って私の手を取り、手の甲《こう》に口付けする。

シルヴィール様の視線が、物凄《ものすご》く甘いような……むしろ怖いように感じるのは気のせいだろうか。

「でも、しばらく会わない内に……どうしたのかな？」

「え……!?」

「お見舞いに来ても門前払い《もんぜんばら》い。手紙を出しても返事もない。そして、いきなりこんなにも綺麗になって――」

お見舞い……？

手紙――!?

全く身に覚えがなくてポカンとしてしまう。クラリス様の『魅了』にかかって、私のことがどうでもよくなったのではなかったのだろうか。

まさか……。

「君は私を翻弄《ほんろう》するのが好きなようだね」

「ええええ!? 身に覚えがありませんわ！ 冤罪《えんざい》ですわーっ！」

シルヴィール様の背後でブリザードが吹《ふ》き荒《あ》れている。これは、かなりのお怒りモードでは!?

「まあ、君の今の態度でおおよその推測はできたよ。君の兄上の仕業かな。では、色々と伝わっていなかったみたいだね」

「せ、セルディスお兄様!? まさか――」

お見舞いに来てくれたシルヴィール様を追い返したり、手紙を隠したりして邪魔していたのだろうか。

――あ、あんなに悩みましたのに！　絶対に後で話し合いが必要ですわね。

今は失神して部屋で休んでいるお兄様へ私は怒り《いか》の念を送った。

「それでは……、シルヴィール様はクラリス様に『魅了』されていないのですか？　私のことがどうでもよくなったのではっ」

「……かなり君を追い詰めてしまったみたいだね。ルイーゼ以外に私が『魅了』されるなど有り得ない。君がどうでもよくなるなんて……天地が引っくり返ってもないから覚えておいてね」

ニッコリと微笑んでいるが、ゾクッとするような寒気を感じて肩《かた》を震わせた。

全て私の勘違《かんちが》いだったのだ。そう思うと、堪《こら》えていたものが溢《あふ》れ出してしまう。

「よ、良かったです……。シルヴィール様がクラリス様の色気によって『魅了』されてしまったとばかり……。変態教に入信してクラリス様と変態の道を歩まれるのかと。だから、私がクラリス様以上の色気を身に付けて、シルヴィール様を『魅了』しようとっ……」

「……君が大混乱だったのは察したよ。――ごめんね、とても辛い思いをさせてしまったようだね」

優《やさ》しいシルヴィール様の声色《こわいろ》に、蕩《とろ》けそうな視線を向けられ、私は心の底から安心した。

――良かった……。いつものシルヴィール様ですわ。

気を抜いたら涙《なみだ》が出そうになってしまって、泣かないように必死に眉《まゆ》に力を入れた。

「だ、大丈夫ですわっ！　勘違いしていたとわかりましたし。こちらこそ、申し訳ありませんでした」

「謝らないで。それに、君が私にヤキモチをやいてくれたみたいで……不謹慎《ふきんしん》だけど、嬉しいんだ」

「や、ヤキ――っ⁉」

シルヴィール様の言葉に出かかっていた涙が引っ込み、逆に頬《ほお》が真っ赤に上気する。

クラリス様とシルヴィール様が仲良くしていて、胸が締め付けられた。

それは……ヤキモチをやいていたからだったのか。言われるまで気が付かなかった。

「私が兄上や側近達に嫉妬《しっと》した気持ちが少しはわかったかな？」

「は……はい。このように、モヤモヤして胸が痛むのですわね」

シルヴィール様の気持ちが理解できたと共に、申し訳なく思って俯くと、私の頬をシルヴィール様が優しく撫《な》で、そのままそっと唇が重なった。

「好きだよ、ルイーゼ。私がこんなにも心動かされるのは、後にも先にも君だけだ」

「っ――」

「だから、そんなに可愛い顔は私だけに見せて。君が綺麗になりすぎて、心臓がどうにかなってしまいそうだ」

今日のシルヴィール様はどうしてしまったのだろうか。

いつもよりも甘々なシルヴィール様に、私はピンと閃《ひらめ》いた。

「シルヴィール様、私、シルヴィール様を『魅了』できたのでしょうか？」

失敗したと思ったが、私、色気と『魅了』を使いこなせたのでは⁉

マリィとマリアベル様のお陰《かげ》ですわ！

そう思いホクホクしていると、グイッとシルヴィール様に抱《だ》き寄せられた。

「……。ああ、全く君は――」

シルヴィール様は私の耳元へ顔を寄せた。

「後で……覚えておいてね」

とんでもなく色気溢れる声で囁《ささや》かれ、耳に口付けを落とされる。

「……っ！」

――か、完敗ですわ‼　シルヴィール様の色気にやられましたわ！

敗北を悟ると同時に、パーティーの後が怖くなってしまったのであった。

パーティー会場へ向かう馬車の中で、シルヴィール様に今までのあらましを聞いた。

クラリス様と怪しいローブの男が密会していたであろう場所の近くで、ルークがノートを拾ったらしい。

そこには、『台本』のように、学園での出来事や、シルヴィール様を含め、側近の方々やこの国の重要人物と親密になる方法が書かれていた。

今まで起こったことや、これから先のことまで書いてあり、シルヴィール様達はその『台本』を逆に利用し、筋書き通りに動くことで、次にそのノートの持ち主が起こしそうな事柄《ことがら》をわざと起こし、黒幕をあぶり出そうと動いていた。

クラリス様と親密そうにしていたのも、『台本』に書かれた通りに振る舞《ま》っていただけだった。決して色気によって『魅了』されていたのではないと知り、私は顔から火が噴き出そうなほど恥《は》ずかしかった。

——わ、私のとてつもない勘違いだったのですわね。

婚約者である私とは、『台本』の中でも疎遠《そえん》になっている設定だったらしく、接近は避《さ》け、手紙で色々と伝えてくれていたらしい。私も『お色気作戦』で忙《いそが》しくしており、シルヴィール様が手紙の返事がなくて心配して声をかけようとしても、一目散にどこかへ行き、すれ違ってしまったと聞かされ、猛反省である。

「このダンスパーティーで、動きがあると思うんだ。上手《うま》くいけば黒幕も引っ張り出せる。ルイーゼ、申し訳ないのだけど、あと少しだけ、茶番に付き合ってほしいんだ」

「わ、わかりましたわっ。お任せください」

「でも、会場に着くまで、君を補充《ほじゅう》させて」

「ええっ⁉」

真面目な話が終わった途端《とたん》に、シルヴィール様の膝《ひざ》の上に乗せられ、ぎゅっと抱きしめられた。

「君不足で……どうにかなってしまいそうだった」

「なっ！」

「好きだよ、ルイーゼ。この案件が終わったら、今までの分も含めて、沢山思いを伝えるからね。言葉でも、態度でも」

「待ってくださいませ、今でも十分――」

「足りないよ」

ちゅっと口付けされ、そのままもう一度唇が重なり合いそうになった時、馬車が停《と》まりパーティー会場に到着《とうちゃく》した。

――あああ‼　助かりましたわ‼　このままでは、心臓が爆発してしまうところでしたわ‼

ドキドキと早鐘《はやがね》を打つ胸を押さえながら、私達はそっと身を離した。

パーティー会場にシルヴィール様のエスコートで入場した。学園主催《しゅさい》のパーティーなので、会場にいるのは見知った顔ばかりである。

その中でも、クラリス様は、淡い緑色の両肩が出ている妖艶《ようえん》なドレスで周りを魅了していた。

この色は――。

「ルイーゼ殿！　とても綺麗だな！」

クラリス様のドレスを見つめていると、シュナイザー様にエスコートされ会場入りしたマリアベル様が挨拶《あいさつ》に来てくれた。

「ありがとうございます。マリアベル様も凄く美しいですわ」

マリアベル様は青色のドレスに金色の刺繍《ししゅう》が施《ほどこ》された美しいドレスを身に纏《まと》い、凛《りん》としたマリアベル様の魅力を最大限に引き出していた。

シュナイザー様も目を細めてマリアベル様を見つめている。

「ルイーゼ、いつもと趣向を変えたのかな？」

シュナイザー様が悪戯《いたずら》っぽく訊《き》いてくる。

「はい！　シルヴィール様を『魅了』いたしましたの」

そう答えると、思いっきりシルヴィール様が咳《せ》き込んでいる。

すると、カシャーンという音がして、振り返ると、クラリス様が真っ青な顔をしてグラスを落としていた。

「クラリス！　大丈夫か？」

マリアベル様が急いで駆け付けると、クラリス様は、ガタガタと小刻みに震えていた。

「『魅了』……？　ま……まさか、バレて――」

と小さく呟き、いきなり走り出し会場からいなくなってしまった。

「クラリス！」

心配してマリアベル様がクラリス様の後を追いかけた。

「わ……私もっ！」

追いかけようとして走りかけた私の手がシルヴィール様に掴まれる。

「ルイーゼは駄目だよ」

「で……でもっ」

「大丈夫。今ルシフォル達が向かっている」

制するように言われてしまい、その場に留まるしかできなかった。

――ああ、何だか……嫌な予感がしますわ。

そのまま、パーティーが開始となっても、クラリス様の姿は見えなかった。

マリアベル様が途中《とちゅう》で戻ってきたが、

「見失ってしまった……。あいつ、あんなに足が速いわけないのに」

と心配そうな表情をしていた。

突然どこかに行ったクラリス様の不可解な行動は、もしかしたら変態教に関わっているのではと、悪い想像ばかりしてしまう。

化粧直《けしょうなお》しで退出し、鏡を覗いていると、隣にピクセルが座った。

「主人公の閉じ込めイベント……始まっているみたいね」

「ええ……っ！（変態）イベントですの⁉」

今回はクラリス様が閉じ込められて嬉しがるパターンの『変態物語』を妄想しているらしいピクセルの言葉に、つい声を上げてしまった。

やはりクラリス様もピクセルと同じ嗜好の持ち主なのだろうか。変態教信者だし、同じことを考えついたりやりたがったりするのかもしれない。変態的思考回路は恐らく同じような気がする。

それに、ピクセルの妄想も侮《あなど》れない。ルークの時と同様に、『癒しの力』が変態属性となり、新たな力として予知能力を開花させた可能性もあるのだ。ピクセルの妄想通りにクラリス様が閉じ込められて、犯罪に巻き込まれているとしたら大変だ。

椅子《いす》から立ち上がりクラリス様を捜《さが》しに行こうとすると、ピクセルに手首を摑まれる。

「あなたが登場したら……犯人にされちゃうわよ？」

「じっとしていられませんもの！」

「……止まらないわね、ルイーゼは。あなたが破滅しようが……関係ないけど。……わ、私も一緒に行くわ！」

「ピクセル……」

あの時果たせなかった閉じ込めイベントをクラリス様と一緒に体験したいという願望からかもしれないが、ピクセルの同行は心強かった。

メイクルームから出て、ピクセルと共にパーティー会場の二階へ上がる。

「確か……空き部屋に監禁《かんきん》されていた……ような」

ピクセルがそうブツブツ言いながら空き部屋を一つずつ確認《かくにん》していると、

「や……やめてっ」

クラリス様の声が奥の部屋から聞こえ、ピクセルと顔を見合わせて頷《うなず》き合う。

「人を呼ぶ前に……状況だけ確認いたしましょう！」

ピクセルが止めようとしたけれども、クラリス様が心配で部屋の鍵穴《かぎあな》から中を覗く。

そこには――

「大人しく――縛《しば》らせてくれ――っ!!」

ルシフォル様が縄を持ってクラリス様に迫っているところだった。

「ま……まずいですわっ！」

ルシフォル様は、強固な理性で隠しているが、頭の上には『攻略対象　宰相《さいしょう》の息子（変態）』と浮かんでいる変態の真髄《しんずい》なのだ。

どうしてこうなっているかはわからないが、クラリス様の『魅了』がルシフォル様に発動していて変態パワーが暴発していたとしたら。

――やばい、やばいやつですわ!!

背中に汗《あせ》が流れ落ちた。このままではクラリス様が危険だ。

「あれ、ルイーゼ殿とその友人か。こんなところでどうしたんだ？　私はお手洗いに行ったら迷ってしまって――」

そこに偶然《ぐうぜん》マリアベル様も合流してしまう。

頭の上に『悪役令嬢』を浮かべた私とマリアベル様。『主人公だった人』を浮かべたピクセル。ドアの向こうには『攻略対象』と『変態』を浮かべたルシフォル様と、『主人公』のクラリス様。

嵐《あらし》の予感しかしないこの組み合わせに、私はこれがシルヴィール様の言っていたダンスパーティーで起こるはずの事件ではないかと思い至った。

シルヴィール様に知らせないと。そう頭では判断しているのに、動けなかった。

「きゃぁぁぁ!!」

クラリス様の悲鳴に近い叫《さけ》び声《ごえ》が響《ひび》き、私はマリアベル様を振り返った。

「ま、マリアベル様っ！　この部屋にクラリス様と変態が!!」

私の鬼気《きき》迫った声にマリアベル様の表情が変わり、凄い勢いでドアの前まで走り寄り、何か気合いを入れたかと思うと……。

ドカァァァンと衝撃音がして、ドアが粉々になっていた。

「クラリスっ!!」

颯爽《さっそう》と部屋に駆け込んでいくマリアベル様の頭の上には『武闘《ぶとう》派の悪役令嬢（可愛いもの愛好家）』が堂々と浮かんでおり、私とピクセルは腰を抜かしていた。

部屋に入り、クラリス様とルシフォル様を目に入れたマリアベル様は、

「クラリスっ！　お前変態だったのか――っ!!」

斜《なな》め上の方向に……怒っていた。

まさか、先ほどの私の『クラリス様と変態が!!』という言葉を、『クラリス様が変態だ』と聞き間違えてしまった？

これは、更にまずい状況だ。

マリアベル様の後に続いて入った部屋には朦朧《もうろう》とした目のルシフォル様と、縄で縛られかけて泣きべそをかいているクラリス様がいた。

「お、お姉様っ！　違うのっ、助けてーっ！」

「我が家門から変態を出してしまうとは……情けないっ！　この男共々我が拳で沈《しず》めてくれるっ！」

マリアベル様は……変態を受け止めきれていなかったようだ。それはそうだ。変態を受け止めるのは相当の覚悟《かくご》がいるはず。

しかし、変態もその人の個性の一つ。まずは否定せずに話を聞いてみた方がいいのでは。

「マリアベル様、落ち着いてくださいませ！　ここは一旦《いったん》お二人の話を――」

「止めないでくれっ、ルイーゼ殿！　学生の立場で変態はご法度《はっと》だ‼　ここは一思いに変態ごと我が拳で――」

「わ――っ‼　お二人とも、お逃げくださいっ」

マリアベル様は怒りで我を忘れている様子だ。これはもう止めるのは難しいと察し、ルシフォル様とクラリス様を逃がそうとして振り返ると、ガタガタと尋常じゃなく震えるクラリス様の姿が目に入った。

「クラリス様？」

「やっぱり……駄目だった……。私じゃ……主人公は無理……なの……？」

――主人公……？　やはり『変態物語』が関わっていますの？

「クラ――」

「逃げないで、綺麗に縛ってあげますからね――っ‼」

「黙れ、変態め――っ‼」

マリアベル様の鉄拳《てっけん》が飛び、ルシフォル様は風圧で綺麗に吹き飛ばされ、そのまま気を失ってしまった。あの時の魔物《まもの》のように粉砕《ふんさい》されることはなくて、ホッと胸を撫で下ろす。

「さあ、次はお前だっ！」

縄を片手に気絶するルシフォル様。震えて蹲《うずくま》るクラリス様。そして怒りで我を忘れ拳を震わせるマリアベル様。三人に対峙《たいじ》する私。

——とんでもない構図ですわ‼

しかし、今私には心強い味方、ピクセルがいる。振り返ると、

「ルイーゼっ、ここは頼《たの》んだわ！　私、王子様達に知らせてくるから！」

「待って、ここに置いてかないでくださいませぇ‼」

「どう見たって手に負えない修羅場《しゅらば》じゃない‼　すぐに戻ってくるからっ」

修羅場から出て行こうとするピクセルの逃げ足は速かった。ところがピクセルが部屋から飛び出そうとした瞬間——。

「ああ、結局上手くいきませんでしたか……。『魅了』のアイテムに、『魅惑』のドレスまで授けたというのに」

部屋の中が闇《やみ》に包まれ、『創造主の手下（ふんどし派）』を頭の上に浮かべたローブの男が急に姿を現した。

「も、申し訳ありませんっ！　もう少しで……ルシフォル様だけでも攻略できそうだったのです。もう一度、もう一度チャンスをくださいっ！」

クラリス様は人目も憚らずローブの男の前に跪《ひざまず》き悲痛の声を上げた。

「お前が我が妹を唆《そそのか》した悪党かっ！　姉としてお前を許さないっ‼」

マリアベル様が拳を振り上げるが、男は全く動じることなく何かを唱える。

途端、マリアベル様は気を失いその場に倒れ込んでしまった。

「マリアベル様っ‼」

変態教の教祖と思われるふんどし派の男は、魔法や魔術《まじゅつ》のようなものを使えるようだ。

つまり……ふんどし派変態魔術師なのか。

クラリス様は、このふんどし派変態魔術師に何らかの形で従わされて、『変態物語』を完成させようとしていたのだろうか。

状況から見てふんどし派変態魔術師が、シルヴィール様の捜していた黒幕に違いない。

私は胸元の『王家の秘宝《ロイヤル・ブルー・サファイア》』に手をかざす。シルヴィール様のネクタイピンと元は一つの原石だったこの宝石は、互《たが》いの居場所を教え合う性質がある。シルヴィール様に私の位置を知らせて、何とか状況を伝えなければ。

「おやおや、困った『悪役令嬢』ですね」

ニヤリと笑ったふんどし派変態魔術師に私の手を摑まれてしまった。

――い、今……『悪役令嬢』と聞こえたような。

「主様はお怒りだ。クラリス、お前はもう……『主人公《ヒロイン》』失格だ。問題ばかり起こす『悪役令嬢』も……退場願いましょうか……」

そう言ってローブの男が魔法を唱え始めた。

――以前出会った時と同じですわ……！

魔法を無効化してくれるブレスレットをぎゅっと握り締めたが、この前と違ってブレスレットは何も反応しなかった。

「な、なんで……」

「この間と同じ手が通用するとお思いですか？　ふふふ、可哀想《かわいそう》なお嬢さんだ。主様はこの世界の創造主……。物語の『台本《シナリオ》』は変えられませんよ」

ふんどし派変態魔術師、変な妄想の世界に入り込んでいるような言葉をうっとりとしながら言う
ピクセル同様、ふんどし派変態魔術師に、私は思わず息を呑んだ。

「創造主……ってまさか――」

気配を消していたらしいピクセルがつい言葉を発し、ふんどし派変態魔術師に見つかってしまう。

ピクセルだけでも逃げてほしかったが、同族同士、妄想に惹かれ合い我慢《がまん》できなかったのだろう。

「『主人公』になれなかったあなたもいましたか。役者が揃《そろ》ったということですね。もうこの世界は変貌してしまった――リセットが必要ですね」

リセット――？

聞き慣れない言葉に眉を顰《ひそ》めていると、ふんどし派変態魔術師は、また何か唱え始め、

辺り一面闇に包まれてしまった。

「全てを――正しい形へ導いてあげましょうね」

「なっ……に……を……」

抵抗《ていこう》しようとしても足元から闇に呑《の》まれ……薄《うす》れゆく意識の中で、ふんどし派変態魔術師の声が段々と遠くなっていく。

「ルイーゼっ――!!」

シルヴィール様の声が――

聞こえたような……――。

そこで私の意識は途切《とぎ》れてしまった。

暗闇《くらやみ》の中にいる。

心の奥深《おくふか》くまで……沈んでいくような……そんな感覚だった。

周りでは見たことのない映像のようなものが浮かんでは消え――浮かんでは消えを繰《く》り返している。

『卑《いや》しい庶民が……シルヴィール様に近付かないでちょうだいっ！』

そう言ってピクセルをいじめている私。

『他国の武家出身だから……そんなに浅ましく男漁《あさ》りされるのかしら？』

そう言ってクラリス様を罵《のの》しる私。

『どうして……私が婚約破棄なんですの⁉』

そう言ってシルヴィール様に縋りつく私。

『嫌《いや》よっ……どうして……こんな――』

そう叫びながら国外へ追放される馬車の中で泣く私。

そんな自分自身全く身に覚えのない映像が消えては浮かび……また消えていく。

「な……なんですの？」

何故強制的にこのような映像を見せられているのかわからないが、この映像の私は凄く『悪役』っぽくないだろうか。

まさに私の頭の上に浮かんでいる――『悪役令嬢（破滅する）』がぴったりのような……『私』――？

『悪役令嬢』になりたくなくて、物心ついた時から必死に善行令嬢を目指していたけれど、もし頭の上に浮かぶ文字が見えなくて、両親やお兄様に甘やかされて育ったとしたら。

この映像のようになっていた？

「これが……本来、あなたに用意されていた『台本《シナリオ》』です」

『創造主の手下（ふんどし派）』を頭の上に浮かべたふんどし派変態魔術師が目の前に現れる。

逃げようとしても、金縛《かなしば》りにあったかのように身体が動かなかった。

「どうしてあなたは主様の『台本《シナリオ》』通りに動いてくれないのでしょうね。『台本《シナリオ》』を戻すために……この数年間、色々と手を回しましたが、どれも失敗でした」

数年間――？

ということは、かなり前からこのふんどし派変態魔術師が属する変態組織が暗躍《あんやく》していたということだ。

まさか、シルヴィール様が何年も命を狙《ねら》われていたことも。

以前の事件で私と共に悪役令嬢同盟を組んだ、『悪役令嬢の取り巻きその②（寝返《ねがえ》るが破滅する）』を頭の上に浮かべていたジュリア様が寝返ったのも。

クラリス様が怪しい行動をしていたのも。

結界で護《まも》られているはずの王宮に魔物が現れたのも。

――全て……変態組織の仕業でしたの⁉

よもや、『変態物語』を布教し信者間で妄想するだけに留まらず、『変態物語』を実現化するというお遊びに走っているのでは。

何回も出てくる『台本《シナリオ》』という言葉も、『変態物語』の原作をもとにして、実演するために演出をまとめたものなのだろうか。

そうなのであれば……まずい。そんな変態活動のために、勝手に国の主要人物を巻き込むなんて不敬極《きわ》まりない。

――変態組織は怖いもの知らずなのでしょうか！

クラリス様も巻き込まれている様子だし、このまま野放しにするのは危険だ。

「『台本《シナリオ》』がおかしくなる時には、何故かいつもあなたが関わっていた。調べた結果、あなたの行動が全てをかき乱している。『攻略対象』達が『主人公』と結ばれないのも、各種の『イベント』が発動しないのも……『悪役令嬢』である、あなたが原因だとわかりました」

「え……？」

「私は主様のため、この世界をあるべき姿に正さなければいけない。それには……あなたをリセットするのが一番でしょう」

私を……リセット？

また意味のわからない用語が出され頭が混乱する。私が変態組織にとって良くない存在ということだろうか？　世界をあるべき姿に正すとは一体……。

意味がわからなすぎて考え込んでいると、ふんどし派変態魔術師がニヤリと不気味に微笑んだ。

「あなたと……私、交換《こうかん》しましょう」

その瞬間、様々な映像がいきなり降ってきて身体が宙に浮かんだ感覚がしたと思うと、一気に視界が明るくなり、眩《まぶ》しさで目を閉じた。

――な……なんですの⁉　交換って――。


眼《め》を開くと――両手に枷《かせ》が嵌《は》められ、牢屋《ろうや》のようなところにいた。

「ええっ‼　なんですの⁉　ここ――」

驚いて上げた声はいつもより低く、自分の声ではないようで違和感《いわかん》がある。

「気が付いたか――魔術師。さあ、洗いざらい吐《は》いてもらおうか」

頭上から声がして顔を上げると、見たこともない……冷たい表情をしたシルヴィール様が檻《おり》の向こう側に立っていた。

魔術師って――

「どーいうことですの――っ⁉」

低い男の叫び声が牢屋の一室に響き渡《わた》ったのだった。

第五章　悪役令嬢、入れ替わる

光の差し込まない石造りの牢屋《ろうや》の中。枷《かせ》が嵌《は》められた手は、ゴツゴツとして節くれ立っている。発する声は低く、殿方《とのがた》のようだ。

――わ、私、殿方に変身してしまいましたのっ⁉

状況《じょうきょう》を整理しよう。ふんどし派変態魔術師《まじゅつし》の何らかの術で暗闇《くらやみ》に呑《の》み込まれて、わけのわからない異次元空間で、色々な映像を見せつけられて、

『あなたと……私、交換《こうかん》しましょう』

そう言っていたような……。

ということは――。

「わ……私、ふんどし派変態魔術師になってしまったということですの⁉」

驚《おどろ》きの声を上げていると、すぐ近くから不穏《ふおん》な空気を感じ取った。

「まだ状況が呑み込めていないようだな。お前はクラリス嬢《じょう》を巻き込み、ナイル王国に混乱を起こそうと企《たくら》んでいた組織の一員として捕《と》らえられた。証拠《しょうこ》も揃《そろ》っているから言い訳は通用しない。洗いざらい吐《は》いてもらうつもりだから、覚悟《かくご》するのだな」

牢屋の鉄柵越《てっさくご》しに私の前に立ち、冷たくそう言い放ったのは、シルヴィール様だった。

彼のこんな冷たい顔は見たことがなくてぞっとする。

いつもの蕩《とろ》けるような笑顔《えがお》も、優《やさ》しい声色《こわいろ》もなく、過保護なくらいに私を心配してくれるシルヴィール様もいない。今にも息の根を止められてしまいそうな威圧《いあつ》感に、私は何も言葉を発することができず、呆然《ぼうぜん》とする。

「早く正直に話した方がお前のためだ。自白剤《ざい》を使われたくなければな」

自白剤って……精神が壊《こわ》れかねないという、悪人に使われるあれだろうか。

――まずい、まずいですわ、怖気《おじけ》づいている場合じゃないですわ。誤解を解かないと!!

「シルヴィール様っ。違《ちが》うのです！　私、ルイーゼですわっ」

シルヴィール様なら気が付いてくれるはず。そう信じて必死に駆《か》け寄《よ》ろうとすると、カキーンと自分のすぐ横の壁《かべ》に剣《けん》が突《つ》き刺《さ》さる。

「お前ごときが……彼女の名前を口にするな」

明らかにこちらへ放たれる殺気に腰《こし》が抜《ぬ》けてパタリと座り込む。

「少し時間をあげよう……。どうすればいいのか……よく考えるんだな」

殺気を隠《かく》すことなくシルヴィール様は牢屋を後にする。

絶望――。

そんな言葉が頭を埋《う》め尽《つ》くした。

「ど……どうしましょう。絶体絶命ですわ」

暗い牢屋の中で膝《ひざ》を抱《かか》えため息を吐《つ》く。

このまま、ふんどし派変態魔術師として生きていかなければならないなんて。いや、生きていける保証もないのだ。じわりと涙《なみだ》が滲《にじ》む。

「シルヴィール様の……ばか……」

どうして気が付いてくれないのかと拗《す》ねたい気持ちになった。ふんどし派だからか。どんな姿になっても……シルヴィール様だけにはわかってほしかった。

マイナス思考になっている自分の両頬《りょうほお》をパチンと叩《たた》く。

「駄目《だめ》ですわ、ルイーゼ。弱気になってはいけません！」

姿がふんどし派変態魔術師になろうが、心は『ルイーゼ』なのだから。

――絶対に……元の身体《からだ》に戻《もど》ってみせますからね！　そして、シルヴィール様に絶対文句を言ってやりますからねっ!!

暗い牢屋の中で私は両手を振《ふ》り上げ、この逆境に打ち勝って見せると闘志《とうし》を燃やした。

「ルイーゼの様子がおかしい？」

「は、はい。事件の衝撃《しょうげき》もあったのでしょうか。いつものお嬢様ではないみたいで……」

シルヴィールは侍女《じじょ》のマリィの報告に少し考え込んでいた。

――今回のパーティーで何か動きがあることは察知していた。クラリス嬢を泳がせ、黒幕を捕らえようと罠《わな》をしかけていたのに……何故《なぜ》かその罠にルイーゼがかかっていた。

『王家の秘宝《ロイヤル・ブルー・サファイア》』が光り、ルイーゼに何かあったのではと駆け付けたら、パーティー会場の二階の空き部屋に呪術《じゅじゅつ》の痕跡《こんせき》があり、ローブの男とルイーゼ、ルシフォル、マリアベル殿《どの》、クラリス嬢、ピクセル嬢が倒《たお》れていた。

ルシフォルに付けていた護衛や影《かげ》達は全員気を失っており、こちらからしかけた罠は全て無効になっていた。加えて、全く事態を感知させず、まるで空間ごと支配されたかのような手口に、倒れていたローブの男が魔術師で、何らかの事情を知っているだろうと捕縛《ほばく》した。

ルイーゼとルシフォルは意識を取り戻したが、事件の詳細《しょうさい》は覚えておらず、クラリス嬢とマリアベル殿、ピクセル嬢は外傷はないのにまだ意識が戻らない。

――一体……あの部屋で何が――。

一番護《まも》りたかった人は……いつでも自ら危険に突っ込んで行ってしまう。

ギリっと音がするほど歯を食いしばる。起きてしまったことは取り返しがつかない。ならば、これから全身全霊《ぜんしんぜんれい》で彼女を護るのみだ。

「ルイーゼに面会を申し込みたいのだが」

「……わかりました」

部屋に入ると――

薄《うっす》らと妖《あや》しい笑《え》みを浮《う》かべるルイーゼがいた。

「ごきげんよう。シルヴィール殿下――」


シルヴィール様がふんどし派変態魔術師の魂《たましい》が入った『私』と対面していた頃《ころ》。

「ですので、私はジュノバン伯爵《はくしゃく》家の令嬢《れいじょう》で、ルイーゼですわ！　父は肥満で母はいつも新たな恋《こい》をしていて……兄は妹大好きの変態ですわっ！」

私は、門番を説得しようと必死にジュノバン伯爵家の極秘《ごくひ》情報を言ってみたが、可哀想《かわいそう》なものを見る目で見つめ返されるだけだった。

――ああ、どうすればわかってもらえるのでしょう……。時間がありませんわ！

自白剤なんて飲まされてしまったら……と恐《おそ》ろしい考えが頭を過《よぎ》り、背筋が震《ふる》える。

どうにかこの入《い》れ替《か》わりを元に戻すか、私がルイーゼだと気が付いてもらえる方法を考えなくては。

「魔術師の男の様子はどうだ？」

　必死に考えていると、聞き慣れた声が聞こえ、顔を上げるとダルク様が門番に様子を訊《き》きに下りてくるのが見えた。

「ダルク様っ！」

　これはチャンス到来《とうらい》だ。ダルク様なら一緒《いっしょ》に鍛錬《たんれん》した仲だし気が付いてくれるはず。

「………。何故、あの魔術師は反復横跳《よことび》を一生懸命《いっしょうけんめい》してるんだ？」

　――ダルク様！　よく見てくださいませ！　一緒に鍛錬した、このルイーゼの反復横跳びを!!

　思い出の反復横跳びを披露《ひろう》しながら、ダルク様を見つめた。

「ダルク様っ！　どうですかっ!!　私は――」

「まだ……、混乱しているようだな。この状態じゃあ、取り調べもできないか」

　引きつった顔でダルク様は後退《あとずさ》りする。

　――ああ、何故なのでしょう――!!

「ダルク様！　私ですわっ！　気が付いて――っ!!」

　必死に呼び止めるが、ダルク様は牢屋を後にしてしまった。

　――つ、疲《つか》れただけでしたわ。

　ふんどし派の変態魔術師は運動不足のようだ。筋肉もついておらず、反復横跳びだけで息切れしている。

そこで私はハッと閃《ひらめ》いた。

身体の強化は心の強化に繋《つな》がる。もしかしたら身体を鍛《きた》えれば心も鍛えられ、元の身体に戻れるのではないだろうか。希望の光が頭上に差すのを感じた。

「鍛錬、鍛錬ですわ——っ!!」

牢屋の中で突然《とつぜん》鍛錬を始めた私を、門番は遠い目で見つめていた。


「魔術師の様子はどうだ？」

「えーっと……、必死に鍛錬を始めました」

「……。ダルクも反復横跳びがどうのこうの言っていたような……」

門番の報告にシルヴィール様が眉間《みけん》に皺《しわ》を寄せる。

何故……この緊迫《きんぱく》した状況で鍛錬など始められるのか。

何か企んでいるのではないか——。

そう思いながら、

「この目で確かめてみる必要がありそうだな」

シルヴィール様が牢屋へ足を進めていることを知らず、私はイキイキと反復横跳びをしていた。

この反復横跳びは、ダルク様が考えてくれた鍛錬方法だ。

『シルヴィール様から俊敏《しゅんびん》に逃《に》げられるように、瞬発力《しゅんぱつりょく》をつけたいのですが、どのような鍛錬が良《い》いでしょうか？』

『……そうだな、反復横跳びが効果的だと思うが……。あいつから逃げるのは無理じゃないか？』

『鍛錬は裏切りません。私、反復横跳びを極《きわ》めてみせますわ！』

そう言って鍛錬部で汗《あせ》を流した日々が懐《なつ》かしい。

「この牢獄《ろうごく》生活の余りある時間を使って、心身共に鍛錬ですわ――!!」

「……随分《ずいぶん》と楽しそうだね」

「ひぇっ」

地を這《は》うような冷たい声が聞こえて、振り返ると、屈強《くっきょう》な兵士と、シルヴィール様が牢屋の前に立っていた。

牢屋の門が開き、屈強な兵士に連行され、私は色々な怪《あや》しい器具が揃えられた部屋へと連れていかれた。

――ま、まさか、拷問《ごうもん》とか始まりませんわよね!?

ビクビクしていると、机の前の椅子《いす》に腰かけるように促《うなが》された。

正面には冷たい表情でこちらを見るシルヴィール様が座っており、私達の間にある机の上には自白剤が置かれ、絶体絶命の状況に心臓が嫌《いや》な音を立てる。

「どうかな？　洗いざらい話す気にはなった？」

「ひ、ひぇっ——！」

もう気を失ってしまえたらどれだけいいか……。

話すも何も、ふんどし派変態魔術師ではないので自白できることなどない。

あまりの状況の悪さに額に汗がにじみ出す。

「お前に温情をくれてやる義理はない。牢屋の中でも怪しいトレーニングをして、余裕《よゆう》そうだったみたいだしね」

シルヴィール様が視線を後ろにいた兵士に向けると、兵士は自白剤を私の口元まで持ってくる。

因《ちな》みに、兵士の頭の上には『衛兵その①（ピーナッツ大好き）』が浮かんでいた。

——っ……使えませんわ。もう……駄目ですわっ……。

迫《せま》りくる自白剤とシルヴィール様の冷たい目線に、瞳《ひとみ》からポロポロと涙が零《こぼ》れ落《お》ちる。

「シルヴィール様のばか……なんで……気が付いてくれませんの」

いきなり女口調で泣き出した見かけは男の私に、シルヴィール様と兵士は表情を固まらせる。

「へえ、王族にそのような口を利《き》くなんて、不敬罪で死にたいってことかな？」

「死にたいわけないじゃないですかっ！　シルヴィール様こそ、元に戻っても絶対に口利いてあげませんからねっ。もう近寄るのも禁止ですからねっ！」

自棄《やけ》になって叫《さけ》ぶと、シルヴィール様は眉間に皺を寄せ考え込むようにこちらを見た。

「自白剤なんて使って……シルヴィール様のことを全部忘れて……後悔《こうかい》しても遅《おそ》いですからねっ！」

忘れたくなんてない。

シルヴィール様が好きだと言ってくれたことも。

シルヴィール様を好きだと想《おも》うこの気持ちも。

自白剤の瓶《びん》が口元に触《ふ》れた瞬間《しゅんかん》――

「待て」

シルヴィール様が兵士を制止する。

涙まみれの私の顔を覗《のぞ》き込み、シルヴィール様は困ったような表情になった。

「……お前は――いや、君は……」

「シルヴィール様のばか、腹黒っ！　いつもいつも私を甘やかして、追《お》い詰《つ》めて……それでも、大切にしてくれて……そんなシルヴィール様が私は――」

好き――。

そう言いかけてハッとする。

兵士は完全にやばいものを見るような目線を私に向けていた。

どう見てもシルヴィール様への激しい妄想《もうそう》を持ったストーカー男からの熱い告白である。

冷静になるととんでもないことを言ってしまったと頬《ほお》に熱を持つ。

そんな私にシルヴィール様はにっこりと微笑《ほほえ》む。

「ねえ、何を言いかけたの？」

「えぇっ⁉」

「私のこと、どう思ってるのかな？」

先ほどまでの冷たい空気は一掃《いっそう》され、何故か、覚えのある捕食者《ほしょくしゃ》に追い詰められるような気配を感じる。

「ねえ、聞かせて――？」

至近距離《きょり》までシルヴィール様が近付いてきて、私は後退りする。

それを逃がさないというかのように追い詰められる。

「すき……です……わ」

消えそうな声で言った瞬間――ふわっと温かいものに包まれた。

シルヴィール様に……抱《だ》きしめられている？

「シルヴィール……さま？」

「君には……尋問《じんもん》しなきゃいけないことが……沢山《たくさん》あるようだね」

物騒《ぶっそう》な言葉が耳元で聞こえて、全身に大量の汗が流れ落ちた。

――えええ!!　何故ですの――!?

「えー、ですから……、シルヴィール様の好きなところですか……？」

「そうだよ。君がルイーゼならもっと言えるはずだよね？」

目の前でイキイキと尋問してくるシルヴィール様に少し口籠《くちご》もる。

――絶対に……、絶対にわざとですわよね――？

あの日以来、牢屋から豪華《ごうか》な部屋に移され幽閉《ゆうへい》されている。

殆《ほとん》どの時間、シルヴィール様が会いに来てくれるのだが、尋問という名目でシルヴィール様をどう思ってるかとか、好きなところはとか、どういう仕草が好きとか、全く事件と関係のないことばかり訊いて楽しまれているのはどうしてだろうか。

「やはり……君はルイーゼではないのだろうか。そうだよね、中身が入れ替わるなんて馬鹿げたこと起こるはずないよね」

「シルヴィール様の優しいところとか、さりげなく気遣《きづか》ってくれる紳士《しんし》なところとか……格好いい必殺技《わざ》のような固有魔法《まほう》が使えるところ……そのような面が素敵《すてき》だと思いますわっ！」

頬を染めながら言うと、シルヴィール様は満足そうに微笑む。

「ふうん、その他は……？」

「も……もうご容赦《ようしゃ》くださいませっ！」

半泣きになりながら掌《てのひら》で顔を隠すと、その手を摑《つか》まれる。

「隠さないで？」

「……っ」

――意地悪ですわっ！

真っ赤な顔でシルヴィール様を睨《にら》み付けると、面白《おもしろ》そうに笑っている。

「あなた達……、そうしていると、危ない関係にしか見えないわよ」

いきなり声がして振り返ると、そこにはシュナイザー様が立っていた。

「シュナイザー様！　助けてくださいっ！　不当な尋問を受けてますの！」

縋《すが》るような目で見つめると、シュナイザー様は少し後退る。

「見た目は怪しい男なのに……本当に……ルイーゼなのね……」

ふんどし派変態魔術師になってしまった私へ憐《あわ》れみの表情を向けられ、微妙《びみょう》な微笑みで返すしかなかった。外見がコレでも、シルヴィール様は容赦なく迫ってくるのだ。

「……さあ、これからのことについて話し合いましょうか」

私の、シルヴィール様をどうにかしてほしいという視線を華麗《かれい》にスルーして、シュナイザー様はお人形のような笑みを浮かべた。こういう表情は兄弟そっくりだ。

人払《ひとばら》いしている部屋の中で、一連の出来事と、ふんどし派変態魔術師との入れ替わり前の不思議な現象を話す。

「なるほど、あの魔術師がそんな映像を見せてきたのね」

「そうなのです。私がピクセルやクラリス様をいじめていたり、そのせいでシルヴィール様に婚約破棄《こんやくはき》されたり……挙句の果てには追放され破滅《はめつ》する……そんな映像でしたわ」

婚約破棄という言葉を聞き、シルヴィール様は思いっきり不機嫌《ふきげん》そうな表情になる。

怒《いか》りのオーラを感じ取り、私はすぐさま次の言葉を続けた。

「そういえば、入れ替わる直前に『主様のため、この世界をあるべき姿に正さなければいけない』とも言ってましたわ。そのためのリセットだと……」

変態組織が思《おも》い描《えが》く物語は――リセットしてまで実演したいのは、私が『悪役』で、ピクセルやクラリス様が『主人公』の物語――？

「『主様』か……。魔術師の他にも裏で糸を引いている者がいそうね。この世界を正す……リセットするっていう言葉も気になるわね。それにルイーゼの身体に入って何をする気なのかしら？」

シュナイザー様が考え込むように話す。

私の身体でしかできないこと……。

「破滅——？」

あの映像通りの『悪役令嬢』としての私は、いじめを楽しみ、断罪され、国外追放となり、破滅する運命だった。

ふんどし派変態魔術師の性癖《せいへき》がピクセルと同じだとしたら。

あっち系の変態にとっては、大好物な状況なのでは——!?

「と、とんでもない変態ですわ」

「……何を考えているのかな？」

シルヴィール様が遠い目をしてこちらを見ている。

——ふふふ、いいでしょう、私の推理をお聞かせしましょう！

「あのふんどし派変態魔術師は、変態組織の一員で、変態の真髄《しんずい》ですわ！『変態物語』を実演しようと企み、私の身体を乗っ取ってまで破滅を味わいたいという！それを指示しているのは変態の親玉に違いありませんわ！」

私の名推理に二人は固まっている。

私もこの真実に辿《たど》り着いた時には驚愕《きょうがく》したのだから仕方ない。うんうんと頷《うなず》いていると、

「うん。半信半疑だったけど、この男の中身は絶対にルイーゼだと確信したわ」

「そうですね、兄上。まあ、奴《やつ》らの狙《ねら》いは……ルイーゼ本人ではなく、この『国』に混乱を起こすことだとわかりましたね」

「ええ。迷惑《めいわく》なことね」

私を置いてけぼりにして話を進める兄弟に少し寂《さび》しくなった。

それに、国に混乱とは。物騒な言葉が飛び出して耳を疑った。

変態組織がナイル王国を乗っ取ろうと暗躍《あんやく》しているのだろうか。あまりのスケールの大きさにギュッと拳《こぶし》を握《にぎ》り締《し》めた。

「大丈夫《だいじょうぶ》だよ、ルイーゼ。そう簡単には思い通りにさせないからね」

温室で見せる穏《おだ》やかな表情とは違い、力強くシュナイザー様は言い切った。

「ルイーゼの入れ替わりや、目覚めないマリアベル様達……。これはもう、何らかの魔法か呪術でしょうね。ルイーゼのブレスレットが効かなかったところを見ると魔法ではなさそうだから……呪術の方が濃厚《のうこう》ね」

「呪術……」

「……私、リボーン王国へ行ってくるわ」

シュナイザー様が何か覚悟を決めたようにそう告げた。

「リボーン王国での留学中に知り合った友人が、この類に強いの。何か術を解く糸口が見つかるかもしれないわ。術師を倒す方法もね。協力を仰《あお》ぎに、行ってくる」

帰国した王太子がまた国を不在にしなければいけない。この事態ももしかしたら仕組まれたことかもしれない。けれども、それしか今のところ手だてはないのだ。

「私が不在の間、ナイル王国を頼《たの》むわね、シルヴィール」

「はい、兄上。お任せください」

「頼もしいわ。でも、ルイーゼをいじめるのはほどほどになさいね。ルイーゼも、絶対に元に戻れるわ。だから、諦《あきら》めずに心を強く持つのよ！」

「ありがとうございます。シュナイザー様もどうかお気を付けてっ」

シュナイザー様は、緊急《きんきゅう》時しか使えない転移魔法門を使い、その日の内に秘密裏《り》にリボーン王国へ旅立たれた。

「マリアベル様達も目覚めないままで、心配ですわね。婚約者であるシュナイザー様はお傍《そば》を離《はな》れるのもお辛《つら》かったでしょうに……」

「そうだね。私も、ルイーゼが同じ立場になったら、全てを塵《ちり》にしてでも方法を捜《さが》すと思うよ」

「塵に……」

それって、まさか、固有魔法で木っ端《こぱ》みじんってことだろうか。辺り一面黒焦《くろこ》げになった風景を想像し、私は遠い目になる。

「それにしても、ふんどし派変態魔術師の方は大丈夫なんですか？」

思えばシルヴィール様はほぼ私のところへ来ている気がする。本来の『私』として、会いに来ないシルヴィール様を不思議に思っていないだろうか。

「ああ、適任者を置いてきたから、大丈夫だよ」

シルヴィール様はニッコリと微笑む。

適任者……？ と私が首を傾《かし》げていた頃――。

「ルイーゼたーんっ!! お兄ちゃんが来たよぉぉぉ。もう傍を離れないからねっ。あんな貧弱《ひんじゃく》な王子なんかに任せられない。ルイーゼたんを護るのは俺だ!! ずーっと一緒だよぉぉぉぉぉ!!」

「お、お兄様……、私、外へ……」

「ダメダメダメーっ!! また倒れちゃったら大変だから、お部屋で俺と一緒に過ごそうね。勉強なら俺が教えてあげるよぉぉ。さあ、楽しい兄妹《きょうだい》の時間を過ごそうねっ！」

「なっ……」

妹大好きなセルディスお兄様が、ふんどし派変態魔術師の入った『私』をガッチリ見張ってくれていた。

「お兄様、私は本当は我《わ》が儘《まま》で傲慢《ごうまん》なのです。だから勉強などしませんし、シルヴィール殿下《でんか》との婚約は――」

「最高だよぉぉぉぉぉ！ 我が儘で傲慢なルイーゼたんも、いいねぇぇぇ！ あの王子なんて放っておいて、もっとお兄ちゃんに我が儘言って！　さあっ！」

「くっ――」

『私』が『悪役令嬢』として振《ふ》る舞《ま》おうとして、更《さら》にセルディスお兄様を喜ばせていることなど、知る由《よし》もなかった。


シュナイザー様が出立された翌日、私は幽閉されている部屋でシルヴィール様の言付け通りに大人しくしていた。

すると、目の前に眩《まばゆ》い光と共にうさぎさんが現れる。

「う……さぎ……？」

真っ白い毛にピンと立った耳。真っ赤な瞳にピンクの小さな鼻が可愛《かわい》らしいうさぎさんに目が釘付《くぎづ》けになる。ポカンと見つめていると、うさぎさんが立ち上がり、手を広げた。

――え、可愛いですわっ!!

突如《とつじょ》現れたうさぎさんの可愛らしいポーズに悩殺《のうさつ》されていると、うさぎさんの手の上に大きな球が生まれ、その球が部屋一面を照らすほどの光を発した。

「えええっ!?　な、なんですのっ!?」

眩《まぶ》しい光に目を閉じた瞬間——

「到着《とうちゃく》～☆　無事にナイル王国へ来たゾ！」

光が徐々《じょじょ》に弱くなり、眼《め》を開くと、大きくていかつい筋肉モリモリのマッチョな身体を持ちつつ、綺麗《きれい》な金髪《きんぱつ》を縦ロールにしリボンでまとめ、メイクもバッチリしている……女装をした殿方が姿を現し、目が合ってしまった。

「初めましてぇ～！　私、シュナちゃんのお友達のエリザベスよ～！　あなたが魂入れ替わっちゃった系のルイーゼちゃんかしら～？」

私が幽閉されている部屋に野太い声が響《ひび》き渡《わた》った。

突然の出会いに私は固まってしまった。

「あらぁ？　大丈夫かしら～っ！　シュナちゃん、転移の場所間違《まちが》っちゃった系？」

「さすがエリザベスちゃんの転移術、一瞬《いっしゅん》でナイル王国だわ！　ここで間違いないわよ！」

エリザベスと呼ばれている方の後ろから、シュナイザー様がぴょこりと出てきて、私は安堵《あんど》に包まれる。

「シュナイザー様っ‼」

「ルイーゼ、ただ今戻ったわ！　この方がリボーン王国で出会ったお友達のエリザベスちゃんよ。ルイーゼやマリアベル様達のことを話したら、その日の内に転移術を使って、術を解きに来てくれたの！」

「お友達の大切な人は、私にとっても大切な人だ・も・の☆　ヨロシクね、エリザベスって呼んでね！」

パチンと強烈《きょうれつ》なウィンクを飛ばして手を差《さ》し伸《の》べてくれたエリザベス様の頭の上には『リボーン王国　愛の戦士☆（乙女《おとめ》全開100％）』の文字が浮かんでいた。

とにかく、強そうな……乙女全開100％……な感じの方だ。

夢幻《むげん》の彼方《かなた》に飛ばしかけていた意識を必死に呼《よ》び戻して、エリザベス様と握手《あくしゅ》をする。

「……こっ、こちらこそ、よろしくお願いいたします！　エリザベス様！　今はわけあってふんどし派変態魔術師の中にいますが、中身は、る、ルイーゼ・ジュノバンと申します！　シュナイザー様の弟であるシルヴィール様と婚約させていただいてます。ルイーゼとお呼びくださいませ。私共のためにナイル王国までお越《こ》しいただき、何と感謝して良いか——」

しどろもどろな私に対して、全く気にした素振《そぶ》りもなくにっこりと微笑むエリザベス様に器《うつわ》の大きさを感じた。

「いや～ん！　ルイーゼちゃん、そんなに畏《かしこ》まらないでいいんだゾ☆　今まで、辛かったわね。私が来たから、もう大丈夫。安心してねっ！」

「エリザベス様っ！」

ヨシヨシと頭を撫《な》でてくれるエリザベス様の優しさに、思わず涙ぐみそうになってしまった。さすが『愛の戦士』だ。慈愛《じあい》に満ちている。

一瞬で私はエリザベス様のファンになった。

もしやシュナイザー様が乙女になったのもこの方の影響《えいきょう》ではないだろうか。こんな素敵なエリザベス様が傍にいたら目覚めてしまうのも頷ける。

「私は妖精《ようせい》さんとお友達になって、その力を借りることができるの。ルイーゼちゃんの状態を私の妖精ちゃんに見てもらってもいいかしら？」

「は、はい！　お願いいたします」

「了解《りょうかい》だゾ☆　お願い、うさちゃんっ！」

先ほどのうさぎさんがピョンと飛び出てきて、私をじっと見つめて、エリザベス様にコチョコチョと何かを伝えている。

——か、可愛いですわ!!　うさぎさん、妖精さんでしたのね！

うさぎさんの頭の上には『愛の戦士☆のお友達妖精（にんじん大好き！）』が浮かんでいた。

「なるほどぉ～☆　ルイーゼちゃんには厄介《やっかい》な『呪術』がかけられているわねぇ」

「エリザベスちゃん！　それって本当なのー!?　怖《こわ》いわぁー!!」

誰《だれ》もいないのをいいことに、シュナイザー様まで乙女の部分を全力で出してきている。

ふんどし派変態魔術師の中に入っている私も傍《はた》から見れば性別は男。この部屋に、乙女心が入った男の混沌《カオス》が生まれようとしていた。

「やっぱり推測した通り、シルヴィールがどんな魔法も撥《は》ね返すブレスレットをルイーゼにあげたから、魔法ではなく呪術を使ってきたってことね」

「ま〜、よっぽどルイーゼちゃんが大切だったのね〜。そんなブレスレットをプレゼントするなんてときめくわぁ！　でも……この呪術は私の妖精さんでも難しそうかナ☆　術師の方をどうにかした方がいいわね」

グイッと近付かれ、見透《みす》かされているかのように見つめられる。

エリザベス様の肩《かた》にうさぎさんがいつの間にか乗っていて、エリザベス様と同調するように首を縦に振って、まるで会話をしているようだ。

――可愛いですわ!!

「これだけ複雑な呪術……、術師にもかなりの負担がかかっているはずよ。ルイーゼちゃんの本体に入ってる術師……無事なのかしらぁ？」

エリザベス様は意味ありげに妖しく微笑んだ。

「それって、ルイーゼの身体は大丈夫なの!?」

「呪術は魂の契約《けいやく》だから、身体には問題ないはずよぉ。魂を削《けず》って術を発動するの。だから、大きな術を使えば使うほど、魂に反動が来るはず。その術師よっぽど――」

私の身体に入って破滅の道を体験したいという願望に加え、魂を削るなんて、命にも直結する危険行為《こうい》を楽しむ……。

「変態ですわ――っ!!」

「成《な》し遂《と》げたいことがあるのね」

私とエリザベス様の声が重なった。シュナイザー様に瞬時《しゅんじ》に口を塞《ふさ》がれ、エリザベス様はキョトンとして首を傾げた。

「どうしたの？」

「いいえっ！　ルイーゼも今は真剣《しんけん》に話し合いましょうね」

――なっ！　とっても真剣でしたのに!!

「ルイーゼちゃんと術師はもう少し情報を得た後の方がいいわね。先にシュナちゃんの婚約者ちゃん達の方も見ておきましょうか」

「わかったわ。お願いします、エリザベスちゃん」

「さあ、転移よ――っ！」

うさぎさんの力を借りて、私達三人はマリアベル様達のもとへと転移するのだった。

王宮の医療《いりょう》院の一室で、マリアベル様、クラリス様、ピクセルはそれぞれベッドに横たわっていた。すやすやと眠《ねむ》っているかのような三人は、ずっと意識を取り戻していない。

「マリアベル様……」

シュナイザー様がそっとマリアベル様の頬を撫で、悲痛の表情で傍に寄り添《そ》う。

「その凛々《りり》しい子がシュナちゃんの想い人なのねぇ☆」

「ええ。とても強くて、凛々しくて……可愛らしい方なの。初めて、好きになった……大事な女性よ。お願い、エリザベスちゃん、マリアベル様を――」

シュナイザー様の必死の訴《うった》えに私は胸が痛くなった。私の横に立つエリザベス様は――

『きゅんっ!!』

と乙女チックな効果音を出していた。

「え、エリザベス様……？」

「私のパワーの源は『愛』よっ！　受け取ったゾ☆　シュナちゃんの愛のパワー!!　うさちゃん、お願い、この三人を救い出してっ!!」

――エリザベス様の頭の上に浮かぶ『リボーン王国　愛の戦士☆（乙女全開１００％）』ってそういう意味ですの!?

エリザベス様が祈《いの》ると、うさぎさんが光り出して三人を包み込んだ。

ここは……どこ——？

私……また失敗しちゃったのね。

私はクラリス・ユーズウェル。

ユーズウェル公爵《こうしゃく》家の末っ子に生まれ、なんでもできる完璧《かんぺき》な姉と比べられて育ち、一族の出来損《できそこ》ないと陰《かげ》で囁《ささや》かれ、肩身《かたみ》の狭《せま》い中、ずっとずっと誰かに認めてほしかった。

そんな時に、皆《みな》を『魅了《みりょう》』する力を貰《もら》った。

私みたいな出来損ないでも皆が褒《ほ》めてくれる。マリアベルお姉様よりも私を選んでくれる。偽《いつわ》りの世界かもしれないけど、私はその世界の居心地《いごこち》のよさに酔《よ》いしれていた。

私に与《あた》えられた使命は、『台本《シナリオ》』通りに『物語』を進めること。それさえできれば、この居心地のよい世界でずっと過ごせる。誰もが私を一番に見てくれる世界で。

あの方がくれた不思議な力を持ったネックレスを着けるだけで、簡単に『台本《シナリオ》』通りに『物語』の『攻略対象《こうりやく》』を攻略して、お姉様や、ルイーゼ様を『悪役』にできるはずだった。

けれども、私は何一つ上手《うま》くできなかった。ローブの男に与えられた最後のチャンスも……、結局無駄《むだ》にしてしまった。見限られた私は、ローブの男にとってはもう用済みになってしまったのだろう。

ローブの男の術を受け、目覚めると、いつのまにか暗闇に閉じ込められており、途方《とほう》に暮れながら膝を抱えて蹲《うずくま》る。

身体の感覚がなく、空腹も、寒さも感じない、まるで時が止まったかのような空間に恐怖心《きょうふしん》が募《つの》る。

——どうして、お姉様のようにできないのだろう。最後のチャンスだったのに。

誰か一人でも攻略できれば、『台本《シナリオ》』に示された道に戻れたかもしれないのに。

『魅了』なんて使わずに振り向いてほしくなったあの人に、ローブの男から貰った『アイテム』を使ってしまった。

『攻略対象』の好感度を上げる『魅惑《みわく》』のドレスは、袖《そで》を通すとその対象者の瞳の色に変わる。

私は淡《あわ》い緑色のドレスに身を包みながら涙を流した。

「なにメソメソしてるの？ あなた、セカンドステージの主人公でしょ？ そんな暇《ひま》があったら、早くこの闇《やみ》の中から出る方法を考えなさいよ！」

ふと顔を上げると、暗がりの中、声がすぐ傍で聞こえた。

目を凝《こ》らすと、クラスメイトの男爵《だんしゃく》令嬢らしき姿が見えた。

確か……ピクセル・ルノー様？

「私じゃ……無理です。誰も……攻略できなかった」

　ぐずぐず泣いていると、深いため息を吐かれる。

「まあ、あなたじゃ……無理でしょうね。この私でもお手上げだったんだから」

　ローブの男が言っていた。前の『物語』にも『主人公』がいたのだけど、その『物語』は失敗に終わってしまったと。その『主人公』は目の前の彼女なのだろうか。

「この世界はゲームじゃないわ。似てるけど……異なる世界よ。この『物語』を『台本《シナリオ》』通りになんてできるわけないのに……」

　そう言われてハッとする。

　悟《さと》ったように『物語』を語る彼女は、ローブの男よりもこの『物語』を詳《くわ》しく知っているのだろうか。もしも、『台本《シナリオ》』通りに進めるのが元々不可能なのだとしたら。

「悪役令嬢がぶっ飛んでるから、無理よ。諦めなさい。諦めて自分の幸せを探した方がよっぽど平和よ」

　自分の……幸せ？

　私の幸せは、皆に認めてもらうこと。お姉様じゃなくって、私を見てもらうこと。そうだと信じてきた。

「っていうか、宰相《さいしょう》の息子《むすこ》……ルシフォル様が好きなんでしょ？」

「えぇっ⁉」

いきなり核心《かくしん》を突かれ噴《ふ》き出してしまう。

――な、何故それをっ‼

「ドレスの色……ルシフォル様の瞳の色だものね。魅惑のアイテム！」

「えぇっ！　そこまでご存じで⁉　……そうです。ルシフォル様に……惹《ひ》かれていました」

観念するように言うと、可哀想なものを見るような目で見つめられる。

「なんで……そうヤバそうな奴にいくかなぁ」

ボソリと呟かれた言葉は聞き取れなかった。

あの知性と理性で溢《あふ》れたルシフォル様は、異国に慣れない私をいつも優しく助けてくれた。

ドジばかりしてしまう私は、何もないところでよく躓《つまず》く。編入の挨拶《あいさつ》で緊張《きんちょう》しすぎて、皆の前で躓いてしまった時に最初に手を差し伸べてくれたのはルシフォル様だった。『魅了』が効いているから優しくしてくれているのだと、そう思っていた。

ある日――片付けられていないロープに躓き、ロープに絡《から》まって動けなくなった。『魅了』のネックレスも転んだ弾《はず》みで外れてしまい、誰も助けてくれなかった。

――やっぱり、このネックレスがないと、私なんか誰も気にしてくれないんだ。

自分のドジっぷりに落ち込んでいると、通りかかったルシフォル様は私に駆け寄り、呆《あき》れることなく優しい眼差《まなざ》しで見てくれた。そして、ロープを解くのを手伝ってくれたのだ。

『縄は扱《あつか》いが難しいだけ、解くのも優しくしなければいけません。大丈夫です、私に任せてくださいね』

普通《ふつう》、こんなところでロープに絡まって身動きできない令嬢なんて、皆眉《まゆ》を顰《ひそ》めて見て見ぬふりをする。貴族令嬢っぽくないと、嘲笑《あざわら》われてお終《しま》いだ。『魅了』のネックレスがない私にはなんの力もない。けれどもルシフォル様は迷わず私に手を差し伸べてくれた。

初めて、『魅了』を使わずに優しくしてもらった。

彼に惹かれるのは無理もない。そこから私に芽吹《めぶ》いた恋心《こいごころ》を必死に隠して『攻略』に励《はげ》みつつ、ひっそりと陰からルシフォル様を見守っていた。

双眼鏡《そうがんきょう》から彼をそっと見つめるだけで良かったのに。

ルイーゼ様と仲睦《むつ》まじくしている姿を見て焦《あせ》ってしまった。

攻略に焦って。手に入れたいと欲が出て、『魅了』と『魅惑』を使ってしまった。

だから人が変わったように……、私を縛《しば》り付けようと──。

ポロポロと涙が溢れる。

「なんの……力も使わずに……ルシフォル様に……伝えれば良かった」

初めて……好きになったから。

お姉様を見返すためとか、『台本《シナリオ》』抜きで、心から。

「馬鹿ね……」

そう言ってピクセル・ルノー様は頭を撫でてくれた。

その不器用な優しさに、また涙が溢れてしまう。

もし、この闇の中から戻れたら。

全部やり直せるだろうか。

そう思った瞬間――

「きゃーー！　可愛いう・さ・た・ん、待って――!!」

暗闇の向こうからお姉様が白いうさぎを追いかけてこちらまで走ってくるのが見えた。

「……!?　え……お姉様!?」

「かわいいでしゅねぇーっ！　こわくないでしゅよー！　おいでー！」

こちらに気付くこともなく、うさぎと戯《たわむ》れているお姉様は、いつもの冷静かつ完璧でなんでもできるお姉様とはかけ離れていた。

うさぎがこちらへ駆けてきて、私達とお姉様は対面した。

「く、クラリス!!　そ、その、これは――」

「お、お姉様……、その、うさたんって……」

「聞かれていたかっ!!　くっ……、隠しきれないか。そうだ、私は可愛いものが大好きなんだ」

「う、うそ……。あの魔物《まもの》さえ一瞬で塵にするお姉様がっ⁉」

可愛いものが好き……？

そのギャップにあんぐりと口が開いてしまう。

「お姉様は……完璧で、強くて、凛々しくて、皆がお姉様を褒めて……。そんな可愛らしいものが好きなんて」

「何言ってるんだ。私は完璧などではないぞ。武術も勉学も最初は苦手だった。しかし長女として、努力を重ねて今がある。……お前が思うほど、私は立派な人間じゃないんだ……」

目の前にいるお姉様は決して越えられない壁だと思っていた。絶対敵《かな》わない、完璧な人だと羨《うらや》んで、手に入れた力でお姉様より上に立とうと必死になっていた自分がバカらしく思えてくる。

「な……ん……で――」

「私は弱いところを必死に隠して完璧に見せていた。でも、ルイーゼ殿やシュナイザー様と出会い、全部曝《さら》け出すのも悪くないと思った。好きなものを好きと正直に言うのは勇気がいる。でも、味方がいるだけで心強いことを知った。可愛いものを好きな私ごと受け入れてくれた御仁《ごじん》に恥《は》じない自分で在れば、それでいいんだ！」

お姉様の言葉に、私は今まで何を見ていたのだろうと胸が苦しくなった。

お姉様も悩《なや》んで、苦しんで、それでも自分で幸せを手に入れていたんだ。それなのに私は、『魅了』の力に頼《たよ》って、何も自分から変わろうとしなかった。

「だから、クラリス、お前が変態であろうと、私はお前の姉をやめるつもりはない！」

「は……？」

「変態なお前ごと、私は受け入れる！　お前も変態を誇《ほこ》ればいい。何があっても私は姉としてお前を護る!!」

——変態って何……？

よくわからないけど……。お姉様の言葉が私の心にスッと入ってくる。

妬《ねた》んでばかりいないで、こうしてもっと話せば良かった。

「ありがとうございます……。お姉様。そして、今まで、ごめんなさい」

「いいんだ！　馬鹿でも、ドジでも、変態でも、お前は私の可愛い妹だからな！」

抱き合う私達を見てピクセル・ルノー様が——

「なんで、悪役令嬢ってルイーゼも含《ふく》め変態、変態って言うのかしら……」

と遠い目でポツリと言っていたことには気付かないでいた。

私達を見ていた白いうさぎがうんうんと頷き、温かな光を放ち始める。

『現実へ戻ってくるのよ——』

野太い声が辺りに響き渡り、暗闇から一気に明るい世界へと呼び寄せられたのであった。

ピクリと、マリアベル様の瞼《まぶた》が動き、ゆっくりと目が開く。

「マリアベル殿っ!!」

シュナイザー様がマリアベル様に抱き着いた。

「しゅ、シュナイザー様！　ええ、どうされたのだ!? うさたんは!?」

「闇に呑まれてずっと気を失ってたんだよ。うさたんは私の友人の妖精で、精神世界から連れ戻してくれたんだ」

シュナイザー様の胸の中でマリアベル様はもごもごと動くが、シュナイザー様はギュッと抱きしめた力を緩《ゆる》めなかった。

「君が戻ってきてくれて……良かった」

「シュナイザー様……」

マリアベル様もそっとシュナイザー様の背中に手を添えて、二人だけの世界が作られている。

――うんうん。お似合いですわ！

お二人の姿を感慨深《かんがいぶか》く見ていると、クラリス様とピクセルも無事に目を覚まし、ホッと胸を撫で下ろす。

「ひっ！　あ、あなた、また私を――」

ふんどし派変態魔術師の姿の私を見て、クラリス様が身構えた。

「私はもうあなたの言うことは聞かないわ！　『魅了』の力もいらない。私は、自分の力で幸せを掴みたいのっ！」

しっかりとした口調でそう言い切るクラリス様には、以前のような誰かに媚《こ》びる様子はなかった。

「あ、あの、私はルイーゼ――」

「邪竜《じゃりゅう》を呼び覚ます手伝いなんて、絶対にしないから――っ！」

クラリス様の言葉に、その場にいたシュナイザー様とエリザベス様の表情が一瞬で鋭《するど》いものになった。

「邪竜って……？」

「何言っているの⁉　『台本《シナリオ》』通りに話が進めば、この国に邪竜を呼び寄せて、『攻略対象』達と討伐《とうばつ》するラストって言っていたじゃないっ。そんなラストになんかさせないわ‼」

まさか……。竜なんて伝説上の生き物だ。クラリス様もピクセル同様妄想の世界の話をしているのだろうか？

「クラリス様、落ち着いてくださいませ。私はルイーゼです。ふんどし派変態魔術師の術で魂が入れ替わってしまっていますの」

「ええっ⁉　そうなんですかぁ⁉」

シュナイザー様も説明してくれて、なんとか私の入れ替わりは皆に理解された。

「わ、私、また余計なことを口走っちゃいました……？　その、国家転覆罪《てんぷく》で捕《つか》まるとかないですよね……？」

冷静になったらしいクラリス様が真っ青になる。確かに、邪竜が本当ならば、国に大災害を起こしかねない。

「そうだね、知っていることを話してくれれば、考えようかな」

王太子モードのシュナイザー様は、ニッコリ微笑んでいるが、経験上それは絶対に裏がある微笑みだ。

「あの、私も詳しくは聞かされていないんです。さっき言ったように、召喚《しょうかん》された邪竜を『攻略対象』達と協力して討伐し、仲を深めるという『台本《シナリオ》』があることしか知りません」

「なるほどぉ。邪竜召喚って、黒魔術の一部でとっても危険な召喚ねぇ。これは……やばい？　って感じねぇ☆　早く、術師のもとへ行きましょうか」

「そうだな。父上にも状況を伝えねば」

王太子モードになったシュナイザー様は、テキパキと指示を出している。

「まさか……邪竜エンドを狙ってたっていうの……？　魔王《まおう》エンドの次にレアエピソードじゃない……っ」

ピクセルも触発《しょくはつ》されて、新たな『変態物語』を紡《つむ》ぎ出そうとしている。

そんな中――

「大変だーっ!!　ジュノバン伯爵令嬢がご乱心だ――っ!!」

と、兵士達の騒《さわ》ぐ声が聞こえた。

ジュノバン伯爵家に令嬢はルイーゼ《私》しかいないわけで……。つまり、『私』に入っているふんどし派変態魔術師が騒ぎを起こしたようだ。

「『破滅』の始まり……」

ピクセルが思い当たる節があるように不穏な言葉を口にする。

『破滅』とは、まさか、私の頭の上に浮かんでいる『悪役令嬢（破滅する）』に関連しているのだろうか。

「シュナちゃん、行きましょう！」

シュナイザー様と一緒に現場へ向かおうとするエリザベス様の腕に私はしがみついた。

「私も連れて行ってくださいっ。私の身体も何か役に立つかもしれませんわ！」

ふんどし派変態魔術師が何かしようとしているのなら、入れ替わった私が逃げるわけにはいかない。

「危ないかもしれないわよ。いいの？」

「構いませんわ！」

「わ、私も一緒に行きます！」

私に続くように、クラリス様も名乗り出た。

「『物語』を終わらせに、『主人公』である私も、行かせてください！」

「何だかわからないが、私も行こう！ 戦力にはなるはずだ!!」

「えー、一人にしないでよー。仕方ない、私も行くわっ！」

マリアベル様と何故かピクセルもそれに続いた。

「ま～っ!! 勇ましいレディは大好きよぉ!! いいわ、皆一緒《いっしょ》に行きましょう☆」

エリザベス様の妖精であるうさぎさんが私達を光で包み、『私』がいる場所へと転移した。

そこは、王宮の広間みたいだった。魔術によって空間が捻《ね》じ曲《ま》げられ、広い闇が広がっており、魔法陣《まほうじん》が何重にも浮かび上がっている中心に『私』が立っていた。

「私はルイーゼ・ジュノバン！ ナイル王国を破滅に導くために、悪魔《あくま》と契約しましたの。

地獄《じごく》の果てへと突き落としてあげますわ」

「わーっ!! ルイーゼたん、格好いいーっ!! 悪魔なルイーゼたんも素敵だよぉぉぉ!!」

セルディスお兄様がそう言って魔法陣の上を転がり回り、魔法陣は片《かた》っ端《ぱし》から消されていく。

「ちょっ……、邪魔《じゃま》をしないでくださいませっ！ 魔法陣から出て！」

「うわぁぁぁぁ！ 怒《おこ》った顔も可愛いぃぃ!!」

…………。

お兄様とふんどし派変態魔術師は一体何をしているんだろうか。

「流石《さすが》はセルちゃんね。全部の魔法陣を無効化するなんてぇ」

エリザベス様が感心したようにお兄様を褒めている。

ただ地面を転げ回って悶《もだ》えているようにしか見えないお兄様は、魔法陣を打ち消しているらしい。

――す、凄《すご》いですわ！

「そこの魔術師ちゃん、もうおイタはダメだゾ☆ うさちゃん、お願い!!」

エリザベス様がうさぎさんにウィンクすると、うさぎさんからまた眩い光が溢れ出す。

その光を浴びると、『私』は苦しげに膝を突いた。

「なっ……、なんだ、この光は――」

「ふふふ。効いてるみたいね。今の内に皆を避難《ひなん》させるのよぉ！」

広間にいた人達を避難させ、残ったのは、私とシュナイザー様とエリザベス様、マリアベル様とクラリス様、ピクセルを合わせて八人になった。

「悪いことはやめて、私の身体を返してくださいませ!!」

「……もう入れ替わりはバレてしまったようですね。では、こんな茶番は意味がない」

私はそう言って駆け寄るが、『私』の中にいるふんどし派変態魔術師は正体がバレていることに焦る素振りもなく不気味に微笑む。そして、隠し持っていたらしい数珠《じゅず》のようなものを大きく振り上げた。

「筋書き通りにならなくなってしまいましたが、こうなったら、終焉《しゅうえん》に向けて『物語』を進めるのみですね。私の全てをかけて——邪竜を召喚します」

「なっ、やめてくださいませっ!!」

必死に止めようとするが、何かに阻《はば》まれて『私』に近付くことはできなかった。

禍々《まがまが》しい気を発して、『私』が呪文《じゅもん》を唱え始めると、窓の外は暗黒に呑まれ、凄《すさ》まじい地鳴りが起こる。

『我が召喚に応じし邪竜よ——この国を呑み込むのだ』

『私』は悪役のように高笑いしている。辺り一面が暗闇に呑み込まれ、空に浮かぶ黒い雲が禍々しい竜へと姿を変えていくのが目に入る。

「まずいわねぇ。召喚者をやっつけないと、邪竜は止められないし……。ルイーゼちゃんの身体を傷つけるわけにはいかないし……」

　エリザベス様がギュッと唇《くちびる》を噛《か》み締めた。

「エリザベス様っ、私の身体は気にしないでくださいませ！　この国を救うのが先決ですわ!!　私の身体を――」

「何を言っているのかな。そんなこと、させるわけがないだろう？」

　私の叫びを遮《さえぎ》るように、強い力で抱き寄せられた。

　温かな体温と、聞き慣れた声に、張《は》り詰めていた気持ちが一気に崩《くず》れ去《さ》る感覚がした。

「し、シルヴィール様……？」

「遅くなってごめんね。以前拾ったノートから、邪竜の記載《きさい》を見つけたから、邪竜が載《の》っている書物を調べていたんだ」

「あっ、私が落としたノート！　シルヴィール殿下が拾っていたんですね」

　シルヴィール様の持っていたノートの持ち主だったらしいクラリス様が、焦ったように言った。

「やはり君の持ち物だったようだね。邪竜の召喚は『物語』の最後に起こるとの記載だったから、その前に防ごうとしたけれども、……遅かったみたいだね」

　王宮の上には禍々しい邪竜が浮かんでいた。もう、完全に召喚されてしまったようだ。

「ならば、邪竜を討伐するしかない。歴史書に、このナイル王国でも邪竜を一度討伐したという記述があったんだ。国宝であるこの七つの宝玉で邪竜の力を封《ふう》じ、力が弱った邪竜を物理的に消滅《しょうめつ》させたらしい」

シルヴィール様が七つの宝玉をその場に置いた。

宝玉にはそれぞれに、文様が描かれている。

「この宝玉はそれぞれの適合者が使用して力を発揮するようだ。宝玉が持ち主を選ぶらしい」

宝玉の文様の絵柄《えがら》は、『猫耳《ねこみみ》』『蜂蜜壺《はちみつつぼ》』『縄』『フルーツパイ』『ハートのお花』私に似た『女の子』そして『真っ黒い王冠《おうかん》』だった。

七人の適合者。そしてこの絵柄……。

「『攻略対象』――?」

全て、『攻略対象』と頭の上に浮かぶ変態一味に関連する文様である。

「ルイーゼ、この文様の適合者がわかるの?」

「はい! 頭の上に浮かぶ文字と一致《いっち》しています。『攻略対象』と浮かんでいる人達が適合者かと思われますわ。シュナイザー様とシルヴィール様、それにお兄様はこの場にいますわね。あとは――ダルク様やジョルゼ様、ルシフォル様、ルークは⁉」

「ああ、一緒に来たから、もうすぐ着くはずだ」

「シルヴィールっ‼　お前、なんでこう爆破《ばくは》しながら進んでいくんだ！　破壊《はかい》神か、お前は‼」

何故かボロボロになったダルク様が広間に辿り着き、その後ろに、ジョルゼ様とルシフォル様、ルークも遅《おく》れて辿り着いたようだった。

「そ、揃いましたわね！　では、私がそれぞれに宝玉をお配りしますわ」

「宝玉って、さっきシルヴィールが言っていた邪竜の討伐が始まるのか⁉　ってこの絵柄は——」

どうやら先ほどまで側近の方々と邪竜について調べていたらしく、皆今の事態が呑み込めている様子だ。そっと猫耳が描かれた宝玉を渡すと、ダルク様は気まずそうに受け取った。

『攻略対象』の変態的要素が描かれている宝玉は露見《ろけん》したくない秘密でもある。しかし、今は緊急時。私は心を鬼《おに》にして、各々《おのおの》に宝玉を渡していった。

七人全員が宝玉を手にすると、仄《ほの》かな光が宝玉から発せられる。やはり適合者で間違いないらしい。

「この宝玉を邪竜にかざせば、その力を封じられるはずだ」

シルヴィール様の言葉に、七人が邪竜へ宝玉をかざそうとした瞬間——。

「困りますねぇ。これでは、『悪役令嬢』が『主人公』のようだ。この『物語』は失敗です。ですから、邪竜に世界を滅《ほろ》ぼしてもらって、一から始めなければいけないんです。『台本《シナリオ》』を正す。それが主様に遣《つか》わされた私の生きる意味」

うさぎさんの光に抑《おさ》えられていたふんどし派変態魔術師が、ブツブツと何かを言ったかと思ったら、黒い靄《もや》が『私』の身体を包み込んだ。

「あらぁ、そんな無茶な術を使ったらあなた――」

「私の魂など、すでに壊れているっ。私の全てをかけて、『物語』をリセットするんだっ!! 王子達よ、この身体がどうなってもいいのですか？ 今すぐにその宝玉を捨てなさい」

エリザベス様が止めようとするが、ふんどし派変態魔術師は無理やり魔術を練って『私』の身体に巻き付けているようだ。ミシミシと音を立てる身体に、シルヴィール様は動きを止めた。

私は今その身体に入っていないから全然痛《いた》くも痒《かゆ》くもないが、ふんどし派変態魔術師は絶対に痛いはずだ。それなのに薄らと微笑んでいるところを見ると、やはりそういった嗜《し》好《こう》の持ち主なのだろう。

「ルイーゼの身体を傷つけるな!!」

怒《ど》気《き》を纏《まと》った声で、相手を威圧する、こんな恐ろしい顔のシルヴィール様は初めて見た。

「こんな身体、壊すのは容易《たやす》いのですよ。さあ、宝玉を捨てなさい」

「シルヴィール様、言うことを聞いてはダメですわ!!　私の肉体は鍛えてますからきっと大丈夫です!!」

「黙《だま》りなさいっ！　ほら、もう骨が折れてしまいますよ」

黒い靄が『私』の身体を締め付けていき、セルディスお兄様はガシャンと宝玉を落としてしまった。

「ルイーゼたぁぁぁんっ!!　俺は宝玉を捨てたよっ!!　もうやめてぇぇぇ!!」

「ふふふ。いい判断ですよ。さあ、残りの方々も、早く捨てないと――」

「駄目ですわっ!!　私の身体はどうなってもいいですから、先に邪竜をっ」

私が声を振り絞《しぼ》った瞬間――

『爆《は》ぜろ――』

シルヴィール様が固有魔法を唱え、『私』に巻き付く黒い靄を粉々に爆破させた。

「なっ――」

「彼女を傷つけることは許さない。何度でも破壊してやる。その気になればお前の魂ごと破壊するのも可能だと覚えておけ」

凍《こお》り付いてしまいそうなほどの迫力《はくりょく》ある冷たい声色に、私はついビクリと肩を揺《ゆ》らした。

「シルヴィール様っ」

「ルイーゼ。自分を傷つけるようなことを言わないでくれ。私は絶対に君を護る。傷一つ付けることは許さないからね」

――あああ！　こんな状況なのにときめいてしまう自分が嫌ですわっ。

真っ赤に染まる頬を隠すように俯《うつむ》くと、クスリとシルヴィール様が笑いを零した。

「元の身体に戻ったら、覚えておいてね」

「えぇぇっ」

――な、何をする気ですの――っ‼

そんなやり取りをしていると、すぐ傍から、

『**きゅんっ‼**』

というときめき効果音が聞こえた。

「きゃぁぁぁぁ！　ときめいたゾ☆　愛の戦士☆　乙女心全開チャージ完了《かんりょう》よぉぉぉ‼」

乙女心がチャージされたらしいエリザベス様が、凄い勢いで全開になった愛の戦士☆の力を爆発《ばくはつ》させていた。

「チャージ完了した今なら、ルイーゼちゃんと、魔術師ちゃんを元に戻せるわ。でも、そのためには、二人を連れて妖精の創りし世界へ行かないといけないの。ここを離れても大丈夫かしら？」

「そんなっ、でも邪竜はっ」

セルディスお兄様が捨てた時に、宝玉は割れてしまった。宝玉の力が使えなくなり、大ピンチの今、ここからエリザベス様も、私もいなくなるなんて――。

『爆ぜろ――』

ドカァァァァァァァンと邪竜が大爆発した。

「こちらは大丈夫だ。問題ないよ」

余裕そうな表情でニッコリとシルヴィール様が微笑んだ。

爆発によって落下してきた邪竜の前にマリアベル様が颯爽《さっそう》と立ち、

「くらえっ！　邪竜めっ‼」

そう言いながらあの衝撃波《しょうげきは》のような攻撃《こうげき》を繰《く》り出し、邪竜が吹き飛《ふと》ぶ。

『お花よ、出てきて――』

吹き飛んだ先にはシュナイザー様の固有魔法から生み出された巨大《きょだい》な花が、パックリと口を開けて邪竜に食らい付く。

「ギャアアアアウ――ッ」

邪竜の悲鳴のような叫び声に、連携《れんけい》攻撃が効いているのだと希望が湧《わ》く。

続けてルークが何やら暗器を放ち、ダルク様が邪竜に一太刀《たち》浴びせ、ジョルゼ様が蜂蜜で転ばせ、ルシフォル様が縄で縛り付ける。セルディスお兄様は指示を出して連携を助けていて――。みるみる内に邪竜は弱っていく。

――あ、あら……。宝玉の力がなくても……最強メンバー揃ってます……？

「ふふ、大丈夫そうネ☆　邪竜は皆に任せたわ！　この魔術師ちゃんとルイーゼちゃんを借りていくわよぉぉ!!」

私と、ふんどし派変態魔術師はエリザベス様に担《かつ》がれた。

「なっ、なんだっ!?　おい、クラリス、私を助けなさいっ！」

助けを求めるふんどし派変態魔術師に、クラリス様は声を張り上げた。

「い、いやですっ。私はもう、あなたに協力しませんっ!!」

「な、何故だっ、あんなにアイテムも与えてやったのにっ」

「私は『主人公』になれませんでした。これからは、『台本《シナリオ》』が用意された物語じゃなくって、自分の力で、自分の『物語』を歩んでいきたいんです!!」

「な、何を！　裏切るのですか？　何もできないあなたがここまで来られたのは私のお陰《かげ》だというのにっ」

ふんどし派変態魔術師が怒りの表情になり、『私』を取り巻く闇が深くなった気がした。

「ちょっと待て。クラリスは何もできなくはないぞ！　馬鹿だが私の可愛い妹だ!!」

「お姉様、ありがとう……。もう決めたんです。私は魔法の力には頼りません。私自身の力で、頑張《がんば》りたいって。だからもう、あなた達には協力できません!!」

クラリス様はネックレスをふんどし派変態魔術師に投げつける。

「あ、レアアイテム！」

ピクセルが声を上げて放り出されたネックレスを見ている。

エリザベス様もそのネックレスを見ながら、

「強力な魔法がかけられたネックレスねぇ。これが、『魅了』の源だったのね～」

そう言って微笑んだ。

「最後まで役立《やくた》たずがっ！　もう全てを闇に還《かえ》してやる――っ‼」

ふんどし派変態魔術師がまた魔力《まりょく》を練り上げようと、エリザベス様の拘束《こうそく》のもとでバタバタともがく。

「あ～あ、またそんなに力を使って、メッ☆　早く行きましょう！　じゃあ、後は任せたわよっ」

うさぎさんが眩い光を出したと思ったら、私の三倍くらいの大きさに巨大化し、大きな口を開け、私とふんどし派変態魔術師、エリザベス様を一気に呑み込んだ。

――えええええ⁉　私……食べられてしまいましたわ――‼

「ルイーゼ―――」

シルヴィール様の声が聞こえたような……。

私の意識はそこで途切《とぎ》れたのだった。

こ、ここは一体どこでしょうか。

うさぎさんに食べられてしまったかと思ったら、私は真っ白な世界に立っていた。

ハッと手を見ると、剣だこのできた見慣れた自分の手が目に入り、この世界では、私は自分自身の姿なのだとホッとする。

『みんな……どこ……？』

目の前にボロボロになった小さな男の子が現れた。

「まあ！　大変ですわっ」

慌《あわ》てて駆け寄り手を差し伸べても、スッと私の身体を通り抜けてしまった。

これは、実体じゃない……？

虚《うつ》ろな目で少年はずっと一人で歩き続けていた。

『おとうさん、おかあさん、おにいちゃん、おねえちゃん……みんなどこ……？　ぼくをすてたの？』

泣きたくなるくらい、胸が締め付けられた。

真っ白な世界で続いていく、この少年を軸《じく》として進む物語を私はじっと見守ることしかできなかった。

少年は、崩れそうな家で、穴の開いた天井《てんじょう》から夜空を見つめながら、衰弱《すいじゃく》していった。

『ぼくもお空にいくのかな……お空の上はあたたかくて、たくさん食べられるかな……お空の上には……かぞくはいるかな……』

ポロポロと少年の瞳から涙が流れ落ち、私も気が付いたら泣いていた。

『いきたい……』

ぽつりと言った言葉に、

『じゃあ、私のために生きてみるかい――？』

そんな返事がきてびっくりして声のした方を見つめると、天使様のような……美しい人がそこにいて……悪魔のような微笑みを浮かべ少年を見つめていた。

『お前の魔力は素晴《すば》らしい。私のところへおいで』

その人物に少年は拾われたみたいだった。『物語』を……『台本《シナリオ》』通りに進める駒《こま》として。

少年には魔術や呪術の才能があったらしく、同様の力を持った子どもを集めた施設《しせつ》のような場所へ連れていかれ、そこでの生活が始まった。

休む暇もなく魔術や呪術を教え込まれ、ボロボロになっていく。そこには悪い大人しかいなくて、命令されるがままに悪事に手を染め、少年は人間らしい心を失《な》くしていった。

少年を助けることができたら良かったのに。こんなに辛い日々を幼い頃から送ってきたなんて……。辛すぎる。

目を逸《そ》らしてしまいそうな辛い日々をただ見ているしかできなくてもどかしかった。

地獄のような日々が続き、少年は心を殺して生きてきた。その中で、少年が一度だけ、嬉《うれ》しいという感情を手にした。

『パンツかふんどしか、どちらかを選べ』

何もかも決められて、命令を受けるだけの日々。

唯一《ゆいいつ》選ぶのを許されたのは――

『ふんどし……』

それは、真っ白い生地《きじ》のふんどしだった。

……ふんどし？

――こここ、この記憶《きおく》は、もしかして、ふんどし派変態魔術師の記憶ですの⁉

「ルイーゼちゃん、気が付いた？」

「え、エリザベス様っ？」

「ここは、精神で造られた世界なの。魔術師ちゃんの記憶の世界ね。彼の記憶を私達は見ていたのよ。ルイーゼちゃんはずっと魔術師ちゃんの身体に入っていたから、強く深いところまでこの世界に引っ張られちゃったのね。私が呼んでも全く無反応だったから。良かったわ、気が付いて」

「な、なるほど……。あの少年は、ふんどし派変態魔術師だったのですね」

ふんどし派変態魔術師にも、辛い過去があったのだ。

「彼、元は魔力を人より沢山持って生まれただけの子だったみたいね。家族に捨てられて、怪しい組織に引き入れられて、悪事に手を染めて。このままだと、彼の魂は呪術や魔術の反動で消滅してしまうわ」

「そっ……そんなっ」

「組織の人間に、駒として使われて、役割を終えたら死ぬようにプログラムされていたみたい。この記憶も組織の情報も全て消滅するわ。そんなの……悲しすぎるわよね」

変態組織の闇の深さを知ってしまった。ふんどし派変態魔術師も、『変態物語』の被害《ひがい》者《しゃ》なのかもしれない。

ふんどしを握り締めた、少年の嬉しそうな表情を思い出すと、胸が締め付けられた。

「彼を……助けることは、できないのでしょうか」

「……いいの？　彼はルイーゼちゃんと身体を入れ替えたり、ナイル王国を混乱させたり、邪竜で襲《おそ》わせたりしたのよ？」

「……でも、それは命令されたからで……。ふんどし派変態魔術師は変態組織に洗脳されていただけですわ。幼い頃から辛い日々を歩まされて、このまま消滅するだけなんて、絶対に駄目ですわ。罪を償《つぐな》う機会を……彼に与えられないでしょうか」

綺麗ごとかもしれない。でも、ふんどしを選べたことしか良い思い出がないなんて……悲しすぎる。このまま消滅してしまったら、本当に彼は組織のためにしか生きられなかったようなものだ。

もっと、自分のために、魔術や呪術を使えたはず。自分の人生を生きられたはずなのに。

「ふふっ。わかったわ。このまま彼を消滅させても、組織への繋がりを失くすだけですものね。重要な参考人として彼を救うのなら、シュナちゃん達、許してくれるかしら？」

パッチリとウィンクをするエリザベス様が、天使のように見えた。

「じゃあ、ルイーゼちゃん、ここで見たことは内緒《ないしょ》よ？」

真剣な表情をしてエリザベス様は祈りを捧《ささ》げるように手を組んだ。その瞬間――神々《こうごう》しい光がエリザベス様を包み込み、筋骨隆々《りゅうりゅう》マッチョなエリザベス様は天使のように美しい女性へと変わった。

――えええ⁉ エリザベス様って、殿方だけではなく、女性にもなれるのですか⁉

『辛かったのね……。魔術や呪術を無理やり教え込まれ、悪事に手を染め、人間らしい心を失くして……』

エリザベス様が語り掛《か》けると、少年は消え、現在のふんどし派変態魔術師の身体が現れた。寝《ね》そべるふんどし派変態魔術師を優しく膝枕《ひざまくら》しながら、エリザベス様の優しい光が彼を包み込む。

『本当のあなたは、優しい子だった。自分を置いて行った両親も兄弟も憎《にく》むことなく、どんなに酷《ひど》い仕打ちを受けても、組織の人間に憎悪《ぞうお》さえ抱かない、優しい子……。あなたは真実の自分に気が付くべきよ。もっと自分に正直に生きていいの。ふんどしを選んだあの時のように――』

ふんどし派変態魔術師の閉じた瞼の端《はし》から涙が零れた。

今までの罪を悔《く》いているかのような、その涙に、胸が締め付けられる。

『あなたは罪を悔い改《あらた》め新たな道を歩む資格があるわ……。主よ、どうかご加護を――この者の罪を赦したまえ』

神々しい光がふんどし派変態魔術師を包み込む。祈りを捧げるエリザベス様は、まるで聖女のように慈愛に満ちていた。

優しい光に抱かれて、ふんどし派変態魔術師は、あの白い世界で見た、小さな男の子の姿になった。

『あなたはもう――自由よ』

しばらくして、男の子がゆっくりと目を開ける。

エリザベス様はその頬を優しく撫でながら、

「おかえりなさい」

と優しく微笑んだ。

男の子は涙を流しながらエリザベス様を見つめていた。

「神によってあなたの罪は赦されたのよ。魂を蝕《むしば》んでいた呪術は消えたわ。でも、今まで犯《おか》した罪の分だけあなたの時間を持っていかれたようね。もう一度、少年の時間からやり直すのよ」

エリザベス様は聖母のような微笑みで男の子を見つめていた。

男の子の頭の上には――

『罪を償う天才魔術師（ふんどし派）』の文字が浮かんでいた。

ふんどし派変態魔術師を蝕んでいた呪術の影響はエリザベス様の力で浄化《じょうか》された。しかし、沢山の罪を償うために、大人の身体から、少年の身体になったということだろうか。

――よくわかりませんが、罪を償うチャンスが与えられて良かったですわ。

「さ、帰りましょうか！」

そう言うとエリザベス様は元の筋骨隆々とした男性の姿に戻り、その肩にはうさぎさんが乗っていた。うさぎさんが大きな口を開き、またぱっくりと食べられた。

「ルイーゼっ!!」

目を覚ますとシルヴィール様に抱きしめられていた。

「シルヴィール様……」

「ああ、ルイーゼ、君だね……。もう本当に君は心配ばかりかける」

覗き込まれた瞳は今まで見たことないくらい揺れていて、少し震える肩からシルヴィール様が心から心配してくれていたのだとわかり、胸が締め付けられた。

「申し訳ありませんでした……。無事に帰ってきましたわ。──って、邪竜はっ、皆はっ──」

ナイル王国のピンチなのではっ⁉ と、思い出し身を起こすと、辺り一面が黒焦げになっていた。

「…………これは？」

「ああ、力の加減ができなくてね。邪竜は無事に塵にしたよ。国への被害もない。安心してね」

ニッコリと微笑むシルヴィール様に、私はゾクリと身を震わせた。

──ま、また固有魔法の加減ができなかったんですね──っ‼

でも、邪竜を無事に倒せたようで良かった。宝玉なしで邪竜を倒せるって……もしや、今ここに歴代最強の戦闘《せんとう》集団が結成されたのでは……と、息を呑み、掌をギュッと握り締めた。

掌にはいつもの剣だこがあり、うさぎさんの世界から戻ってきた私も、元の身体に戻れたのだとホッとした。

「一件落着ですわね……」

「……それはどうかな。君の身体が心配だ。すぐに医務室へ行くよ」

「えっ、シルヴィール様っ、後片付けは――」

「大丈夫。私が抜けても優秀《ゆうしゅう》な側近達がいるからね」

押し付ける気満々なシルヴィール様は、私を抱きかかえスタスタとその場を後にした。

医務室で一通り診察《しんさつ》してもらい、私の身体には何も異常はなかった。やはり身体を鍛えておいて良かった。鍛錬は裏切らないことが証明されたと嬉しくなる。

医務室を後にして、私はシルヴィール様の自室へと連れ込まれていた。

「なっ……、何故シルヴィール様のお膝の上に⁉」

「今回の事件の報告書を書いたり、後処理をしたりと、しばらくは執務《しつむ》室から離れられそうにないんだ。だから、君は私の目の届くところにいてほしい。これは私の我が儘だ。君からもう目を離したくない」

今回のことで、かなりシルヴィール様に心労をかけたようで、私を見る瞳は心配そうに揺れている。魂が入れ替わったり、魔術で本体を傷つけられそうになったり、うさぎさんにパックリ食べられたりと――思えば、本当に心配をかけてしまった。

「私は大丈夫ですわ……。どこにも行ったりしません」

「君の大丈夫ほど信用できないものはないからね。そうだ、ルイーゼ、あの約束は覚えている？」

シルヴィール様は私を覗き込みながら、ニッコリと微笑んだ。

――約束……？

『今度自ら危険に首を突っ込むようなことがあれば……私に「好き」だと言ってルイーゼの方から口付けしてもらおうかな』

ふいにシルヴィール様の言葉が脳裏《のうり》に蘇《よみがえ》った。

――あああ、あの破廉恥《はれんち》な約束ですの!?

「君は、ずーっと、自ら危険に首を突っ込んで、私を心配させたよね」

「あ、あの……っ」

「あの魔術師の男の口からじゃなくて、君の口から聞きたい。ねえ、私のことを君はどう想っているの？」

――さ、散々ふんどし派変態魔術師の身体に入っている時に言わされましたのに!!　でも、シルヴィール様には多大な心配をかけてしまったし、約束を果たすのが、善行令嬢なのではないだろうか。

――破廉恥、破廉恥ではないですわ。大丈夫、これは、純粋《じゅんすい》に想いを伝えるだけ。

「シルヴィール様のこと、その……」

「うん」

「だ、大好きですわっ」

エイッと勢いでちゅっとシルヴィール様の頬へ口付けした。シルヴィール様の蒼《あお》い瞳が、不満そうに開かれ、私の唇に指で触れられる。

——こ、これは、頬じゃなくて、く、唇にってことですのっ⁉

逃がしてくれる気が一切《いっさい》感じられない。シルヴィール様の圧を感じつつ、私はゆっくりと顔を近付けた。

緊張で全身が震える。そっと、シルヴィール様の唇に私の唇を重ね合わせた。

「っ——⁉」

重なり合った瞬間に、後頭部にシルヴィール様の手が添えられ、そのまま、何回も口付けが繰り返される。まるで、私がここに存在しているのを確かめるような口付けに、戸惑《とまど》いつつも、シルヴィール様の心を少しでも軽くできるようにと、ギュッと背中に手を回した。いつも完璧なシルヴィール様が、微《かす》かに震えていて、本当に心配をかけてしまったのだと申し訳なくなる。

「シルヴィール様っ、私、シルヴィール様が大好きです。もう、お傍を離れたりしません。危険なこともしません。だから——」

「うん。ルイーゼ、これからもずっと、傍にいて、私に愛され続けてくれるかい？」

「勿論《もちろん》ですわ！　…………って、あら……？」

待って、今、私、とんでもない約束をしているのでは――？

「約束だよ。私以外をその瞳に映すのも、愛を囁くのも許さない。君は私だけ見てくれればいいんだ」

「ま、待って――」

「ありがとう、ルイーゼ。君の想いは伝わったよ。さあ、もっと口付けしようね」

「ええええっ⁉」

今までのシュンとしたシルヴィール様はどこへ⁉

降臨したのは、肉食獣《じゅう》のような瞳をしたシルヴィール様で――。

ふと見上げた先には――

『第二王子（超《ちょう》腹黒い）』が浮かんでいた。

――腹黒さがレベルアップしてしまいましたわ――っ‼

エピローグ

「ルイーゼちゃん、元気そうで良かったわぁ‼ ってあら?」

邪竜《じゃりゅう》事件が解決してから、学園もダンスパーティー後から冬休みに入っているので、しばらく王宮で療養《りょうよう》するようにと過保護なシルヴィール様に留め置かれ、執務《しつむ》室に私専用の療養場所まで設置されてしまった。今日も執務室へ連行されていた私のもとへ来てくれたエリザベス様を前にして、真っ赤な顔で俯《うつむ》いてしまう。

何故《なぜ》なら先ほどまで、休憩《きゅうけい》と称《しょう》して散々シルヴィール様の甘々攻撃《こうげき》を受けていたからだ。

「ふふ。お楽しみだったのね～☆ 愛っていいわねぇ」

「い、いいえっ。そんなふしだらなことはしておりませんわ‼」

シルヴィール様の執務室でイチャイチャしていたことがバレてはいけないと焦《あせ》って否定すると、逆に微笑《ほほえ》ましい目線を向けられてしまった。

シルヴィール様はいつもの外向け用の笑《え》みを浮《う》かべており、余裕《よゆう》そうだ。私だけ動揺《どうよう》していて少し悔《くや》しくなる。

「いいのよ、いいのよ～☆　初々《ういうい》しいっていいわねぇ～!!　今日はこの子を連れてきたの」

エリザベス様の足元には、ふんどし派変態魔術師《まじゅつし》だった男の子が緊張《きんちょう》したように立っていた。

「エリオットよ。名前がなかったみたいだから、私からプレゼントしたのよ～！　私がバッチリ愛の戦士に育て上げるから、安心してね～☆」

「エリオットです。何もおぼえてないけど、めいわくかけてごめんなさい」

ちょこんとお辞儀《じぎ》するふんどし派変態魔術師――エリオットに頬《ほお》を緩《ゆる》める。彼は犯《おか》した罪を償《つぐな》うために幼い姿になり、そのせいなのか記憶《きおく》の殆《ほとん》どを失ってしまったらしい。

色々やらかしたが、有り余る魔術の才能を買われ、エリザベス様の保護下に入り教育されることで実刑《じっけい》は免《まぬが》れ、変態教を調査する一員として罪を償うこととなった。

――良かったですわ。今度こそ……自分のために魔術が使えるようになるといいですわね。

「エリオット、いい名前ですわね。魔術の勉強、頑張《がんば》ってくださいね」

「はい！　いつか僕の犯した罪をつぐないます。かならず」

真っすぐな瞳《ひとみ》を持つこの子は……きっと大丈夫《だいじょうぶ》だろう。

「ルイーゼの身体《からだ》の記憶も持ってなくて安心だよね。消さなくて済んだ」

そうボソッとシルヴィール様が呟《つぶや》いたことは……聞こえなかったことにしよう。

エリオットが部屋から退出した後に、エリザベス様は暗い表情でシルヴィール様に話しかける。

「黒幕は割り出せなかったわ。エリオットの記憶を探《さぐ》っても詳細《しょうさい》は出てこなかった。呪《のろ》いと共に記憶も消滅《しょうめつ》する術がかけられていたみたい。本当に捨《す》て駒《ごま》として使われてたのね」

「中々手強《てごわ》そうだね」

「この国も、シュナちゃんも心配だし……、エリオットの教育もあるし、もう暫《しばら》くナイル王国に留《とど》まるわ」

エリザベス様がナイル王国に留まってくれるなんて、とても心強い。お姉様ができた気がして嬉《うれ》しくなる。

「ルイーゼちゃんの能力も面白《おもしろ》そうだしね☆」

パチッとウィンクされ、私とシルヴィール様は微妙《びみょう》な笑顔《えがお》を向け合った。

邪竜事件の後、頭の上に浮かぶ文字は変化を遂《と》げていた。

ダルク様は『騎士《きし》団長の息子《むすこ》（猫耳《ねこみみ》を溺愛《できあい》）』、ルシフォル様は『宰相《さいしょう》の息子（変態・縄使い）』、ジョルゼ様は『公爵《こうしゃく》家嫡男《ちゃくなん》（蜂蜜《はちみつ》大大大好き）』と変態度がグレードアップしていた。宝玉によって自分の変態度が解放されたのだろうか。

ルークは、『王家の影《かげ》（フルーツパイを愛し愛される男）』と、わけがわからなくなっていた。セルディスお兄様は『王立学園教師　伯爵《はくしゃく》家次男（大好きな妹のためならなんでもできる変態）』と新たな進化を遂げていた。

『攻略《こうりゃく》対象』の称号《しょうごう》は消えているが、変態には変わりないようだ。もしかしたら、『変態物語』が邪竜を討伐《とうばつ》して、一応のラストを迎《むか》えたことが、頭の上の文字にも影響《えいきょう》したのだろうか。

因《ちな》みにお父様は『ジュノバン伯爵（やや肥満）』、お母様は『ジュノバン伯爵夫人《ふじん》（新たな恋《こい》に夢中）』に変化していた。お父様には頑張ってお母様を繋《つな》ぎとめてほしい。

そうそう、シュナイザー様とマリアベル様は——

「マリアベル殿《どの》。私は、可愛《かわい》いものが大好きだし、君に比べたら貧弱《ひんじゃく》で頼《たよ》りないかもしれない。けれども、君を想《おも》う気持ちは誰《だれ》にも負けない。この国の未来を一緒《いっしょ》に背負ってほしい。政略的な婚約者《こんやくしゃ》ではなく、愛《いと》おしい私の妻として——」

「シュナイザー様っ。わ、私も、柄《がら》に合わず、可愛いものが大好きだ。淑女《しゅくじょ》というよりも、武人寄りだが……こんな私で良ければ、その、あなたの妻になりたいっ」

「っ‼　嬉しいっ。大好きよ、私のマリアベル」

「……っ‼」

なんて、邪竜討伐後に甘い世界を作り出していたらしい。邪竜との闘《たたか》いを経て全てを曝《さら》け出《だ》せる関係になった二人は、今や皆《みな》が憧《あこが》れる相思相愛のカップルとなっている。付け加えると、シュナイザー様の文字は『王太子（心は乙女《おとめ》ときどき狼《おおかみ》）』に変化していた。……ときどき狼ってなんなのだろう。

マリアベル様は、『王太子の婚約者（武闘《ぶとう》派・可愛いもの愛好家）』になっており、『悪役令嬢《れいじょう》』の呪縛《じゅばく》から解かれたようで一安心である。

クラリス様は、国を混乱に陥《おとしい》れようとした組織に絡《から》んでいたこともあり、その後の処《しょ》遇《ぐう》を心配していたが、変態組織についての情報を洗いざらい吐《は》いて、何とか監視《かんし》付きで学園生活を続行できることとなった。

有力な貴族や権力者に『魅了《みりょう》』をかけてしまったが、政治に絡むようなことはなく、ただチヤホヤさせただけだった上、王太子の婚約者の妹でもあるので、大目に見てもらえたのかもしれない。

常にナイル王国の『影』と呼ばれる者に見張られてはいるが、何らかの刑《けい》に処されることがなくて良かった。

クラリス様の文字は『主人公だった人（ドジっ子）』に変わっていた。ピクセルと同じ感じだ。

ついでに、ピクセルの文字は『忘れかけてたけど主人公だった人（凡人《ぼんじん》）』と更《さら》に可哀《かわい》想《そう》なことになっていた。

ルナリア様は『モブ』の称号を取《と》り戻《もど》し、それぞれ平和な日常を送っている。

「皆さん、それぞれ変わりましたのね」

それで、私はというと――

「ルイーゼ、ここにいたんだね」

「ひぇっ！　見つかってしまいましたわっ‼」

必死にシルヴィール様から逃《に》げて、裏庭のガゼボに隠《かく》れていたのにあっさりと見つかった。

邪竜事件の後から、シルヴィール様は以前にも増して過保護になり、冬休みが明けて新学期が始まったので王宮から自宅へ帰れたのはいいけれども、どこに行くにも事前に言っておかないと心配して捜《さが》しに来てしまう。

それに――

「本当に君はルイーゼなのかな？　ルイーゼだったら、私の質問になんでも答えられるよね？」

「えええええ⁉　わ、私はルイーゼですわっ！　誰とも入《い》れ替《か》わっていませんわ‼」

「どうかな、君は無茶ばかりするから……入れ替わっていても気付けなかったら困るな。だから、二人にしかわからない質問をしてもいい？」

そう言ってシルヴィール様が耳元で囁《ささや》く。

「私達の三回目の口付けは――？」

「ううっ、そ、その、シルヴィール様との、三回目の口付けは……」

「うん、どこで、どんな風に？」

「こ、このガゼボで……」

息を呑《の》むような綺麗《きれい》な顔を近付けられ、海のように綺麗な蒼《あお》い瞳に見つめられ、そのまま唇《くちびる》が重なり合った。

「ふふ。真っ赤だね」

「……っ‼」

尋問《じんもん》と言えるような、恥《は》ずかしい質問をいくつもされるから逃げ回っていたのに呆気《あっけ》なく捕《つか》まってしまった。

「い、意地悪ですわ……っ！」

「そうかな？　君が私にした意地悪に比べれば、どうってことないと思うんだけど」

「ええ⁉　私、シルヴィール様に意地悪なんかしていませんわ」

「どうかな。君が可愛らしすぎて構い倒《たお》したくなるのをいつも我慢《がまん》しているのに、無意識に煽《あお》ってきたり、急に大人っぽいドレスを着て私を『魅了』しようとしたり、中身が入れ替わって手出しできない状況《じょうきょう》で可愛いことばかり言ってくるとか……。無自覚ならばたちが悪いよね？」

「なっ、ななな……」

「覚えておいてって言ったよね」

そ、そういえば、確かに言われたような。

「我慢した分、君を堪能《たんのう》しても罰《ばち》は当たらないと思うんだけど」

「そ、そんなっ、待っ——」

とてつもなく嫌《いや》な予感がする。

今すぐに逃げないといけない気がして、慌《あわ》てて後退《あとずさ》りしようとするが、グイッとシルヴィール様に抱《だ》き寄せられる。

「もう待たないよ」

「シルヴィール様——」

捕食者《ほしょくしゃ》に追《お》い詰《つ》められる被捕食動物のように、私は恐《おそ》る恐る顔を上げた。

すると、ぞっとするような綺麗な顔で微笑むシルヴィール様に、そのまま唇を奪《うば》われる。

「好きだよ、ルイーゼ」

私の頭の上には——

『第二王子の婚約者（かなり不憫《ふびん》）』が堂々と浮かんでいるのであった。

――あああ、また善行令嬢に変化しませんでしたわ‼

それに、『かなり不憫』ってなんですの――⁉

私とシルヴィール様の攻防《こうぼう》はまだまだ続きそうだ。

END

あとがき

このたびは「私の上に浮《う》かぶ『悪役令嬢《れいじょう》（破滅《はめつ》する）』って何でしょうか？」の第二巻をお手に取っていただき、誠《まこと》にありがとうございます。作者のひとまるです。

皆様《みなさま》のお陰《かげ》で、続刊を出すことができました！　本当に感謝の思いでいっぱいです!!

担当編集様から続刊の連絡《れんらく》をいただいた時に、大気圏《たいきけん》まで突入《とつにゅう》する勢いで驚《おどろ》き、「え、ドッキリかな？」と地上まで舞《ま》い戻《もど》り、「本当だった!!」とリオのカーニバル的な歓喜《かんき》の舞《まい》を踊《おど》り、周りに心配されました。

そのような作者のテンションが物語にも影響《えいきょう》したのか、二巻はかなりジェットコースター的なハチャメチャな内容となっております。出てくる新キャラ達も濃《こ》いキャラばかりで、「あの、このキャラ達大丈夫《だいじょうぶ》でしょうか？」と何度も担当編集様に確認《かくにん》したほどです。（快諾《かいだく》してくださった担当編集様には心から感謝しております！）

ルイーゼとシルヴィールの想《おも》いが通じ合ったその後の物語ですが、ルイーゼは思い込みを爆発《ばくはつ》させ、シルヴィールはルイーゼへの愛を暴走させております。甘々な二人も楽しんでいただけると幸いです。

最後になりますが、本作を作り上げるにあたって、関わってくださった方々にこの場をお借りして御礼申《おんれいもう》し上《あ》げたいと思います。
WEB版や書籍《しょせき》版など本作を応援《おうえん》してくださった読者の皆様。温かな応援のお陰で二巻を出すことができました。本当にありがとうございました。

そして、作者のテンションの高さに引くことなく、一巻に引き続き、優《やさ》しく愛あるツッコミで導いてくださいました担当編集様、出版に関わってくださった全ての関係者の皆様、とてつもなく濃いキャラ達を豪華《ごうか》で麗《うるわ》しく素敵《すてき》なイラストで描《えが》いてくださったマトリ様、厚く御礼申し上げます。

また、本作を心から応援してくれた家族や友人、理解ある職場の方々にも、深く感謝申し上げます。

この本を手に取ってくださった全ての皆様に感謝の気持ちでいっぱいです。
またどうかお会いできますように。

ひとまる

■ご意見、ご感想をお寄せください。
《ファンレターの宛先》
〒102-8177 東京都千代田区富士見2-13-3
株式会社KADOKAWA ビーズログ文庫編集部
ひとまる 先生・マトリ 先生

ビーズログ文庫

●お問い合わせ
https://www.kadokawa.co.jp/（「お問い合わせ」へお進みください）
※内容によっては、お答えできない場合があります。
※サポートは日本国内のみとさせていただきます。
※Japanese text only

私《わたし》の上《うえ》に浮《う》かぶ『悪役令嬢《あくやくれいじょう》（破滅《はめつ》する）』って何《なん》でしょうか？ 2

ひとまる

2024年1月15日 初版発行

発行者　山下直久
発行　株式会社 KADOKAWA
〒102-8177 東京都千代田区富士見2-13-3
（ナビダイヤル）0570-002-301
デザイン　みぞぐちまいこ（cob design）
印刷所　TOPPAN株式会社
製本所　TOPPAN株式会社

ISBN978-4-04-737788-2 C0193

定価はカバーに表示してあります。

◇◇◇

私の上に浮かぶ『悪役令嬢（破滅する）』って何でしょうか？
見えすぎてしまう推定悪役令嬢の、
溺愛ファンタジー！
漫画 野原ハイジ
原作 ひとまる　キャラクター原案 マトリ
FLOS COMICにて
好評連載中！
FLOS COMIC フロースコミック
カドコミ フロースコミック公式サイトはこちら